나의 9월은 너의 3월

구현우 시집

문학동네시인선 134 구현우

나의 9월은 너의 3월

시인의 말

너는 사랑과 죽음이라 했다.

나는 너를 사랑의 죽음으로 이해했다.

유서 같은 것이었다. 이 세상 어디엔가 있어도 살아서는
다시 만날 수 없는 너의 것이라 유서 같은 것이었다.

2020년 3월
구현우

차례

1부

아프다고 생각하자 병이 시작되었다

오로지 혼자 어두운

누구와도 공유하지 않지만 나의 방은 한 명 이상의 외로움이 있다

앨범과 책은 저 혼자 쓰러지기도 한다 금이 간 지독한 꽃병의 무늬는 그렇게 완연하다

극적인

사건과 별개로 이불은 다른 형태로 구겨질 뿐 올바르게 펴지는 법이 없다 누군가의 침실이었던 나의 방에서 사랑을 나누는 일은 위험하다

위로부터 잠깐 찾아온 소음이 평생 머문다

나의 방

한가운데

제각각 그림자가 한데 모여 일렁인다 무섭게 따뜻한 기분 그건 어디엔가 있을 사람의 모양이다 만난 적도 없이 나의 방에서 나란히 함께 어두운

악인

 거의 모든 면에서 나는 너의 영향을 받았다 무의식적으로 오른다리를 꼬고 앉는 자세부터 테이블에서의 고요가 잦아지면 수차례 눈을 깜빡이는 버릇까지

 너로부터 비롯되었다 매사에 낙관적이어야 한다고 그랬다 첫번째 화는 삭이고 그다음 참을 수 없을 때에야 불같이 일어서라고 말하며

 사람 좋은 얼굴을 했다 너는 나의 성당이었다 믿음이 부족하면 의미를 주었다 하나 꿈에서 벌어진 사실은 말하지 않았다 말할 것도 없이

 개인적인 불행이었다 너와 이야기하면 너의 일도 내 일 같았다

 한 번쯤은
 나의 일을 네가 가져가 너의 일로만 감당해주기를 하고 기도했다 대신 울어주지 않아도 좋으니 아니

 차라리 너였다면 너의 문제였다면 너의 일이기에 더 감정적일 수도 있었다 타인을 돌봐주듯이 나를 돌아봐주었다면

 뜻 모를 표정을 짓는다는 게 무슨 의미인지 알 리 없었다 거

— 울 앞에서 웃는 척을 하면 네가 숨을 죽일 때의 모습과 비슷
했다

지나가는 단면을 기억하게 되었다 혼자 있는 장면이었다 무
료한 이가 혼자서 졸고 있는 장면이었다

뜬소문이 흘렀다 나는 너의 허구를 경청했다 곳곳에서 소비
되고 있었다 네가 기르는 게 개가 아니라 개 같은 무엇이라고

관계를 피했다 내가 아는 한 너에 대한 이야기를 나눌 수 있
는 건 너와 나뿐이었다 대화중에도 네가 간혹

입을 다물고 나의 뒤를 응시했다 뒤에는 친숙한 것이 사라
진 것이 무서운 것이 별 수 없는 것이 있었다 돌아보지 않았
다 볼 것도 없이

일반적인 불행이었다 혼자서 말해도 네가 생략되지 않는 날
들이었다

함께 찍은 사진이 왜 없을까 서로를 찍어주기만 했으니까 나
는 너를 찍어주었는데 너는 너의 일부를 현상하는 느낌으로

포즈를 잡아주었다 하라는 대로 곧잘 따라서 했다 웃으라 하

면 울고 가만히 있으라 하면 한없이 산만해졌다 너의 심리를

아무튼 아는 사람은 나 같았다 벽을 만들지 않아도 벽 같은 게 있었다 그게 비결이라면

비결이었다 화를 낼 줄 모르는 것처럼 혈연을 떠나서 포용하는 것처럼 그런 게 성격으로 여겨지게끔

반평생 너는 너답게 나는 너답게 살고 있었다 네가 사람에게 가장 실망했을 때

가장 기쁘게 웃는 표정을 하고 있었다는 걸 나는 알고 있었다

불같이 사랑하고 불같이 미워하라 말하며 너는 좋은 사람인 척을 하고 있었다

네거티브필름

유리잔 너머로 너를 본다

너는 비극적 결말로 회자되는 몇 세기 전의 고전

물이 담긴 유리잔 너머로 너를 본다

너는 누구에게도 불린 적이 없어 아름다운 병명

레몬즙 몇 방울과 얼음, 물이 담긴 유리잔 너머로 너를
본다

너는 장미의 재질을 지닌 피아니스트

코코아가 담긴 유리잔 너머로 너를 본다

만년필의 쓸모를 알게 해준 너의 옛 애인들

포도주가 담긴 유리잔 너머로 너를 본다

오늘이 끝나기를 바라지만

내일이 오지는 않기를 바라는

죽기 직전의   —

오브제

광시증

아는 도시에서 길을 잃었다. 모르는 건물로 들어갔다. 그곳에는 눈에 익은 가게가 많았다.

언젠가 와본 적이 있는 기분이었다.

나는 알 것 같은 길에 매료되었다. 출처를 알 수 없는 발소리를 따라 걸었다. 스치는 사람들을 흘깃
훔쳐보니 그래도

같은 세계에 있는 것은 분명해 보였다.

평등한 빛이 제멋대로의 이목구비를 적나라하게 밝혔다. 발소리를 따르던 내가 성별을 알 수 없는 목소리에 끌려가고 있었다. 배가 고팠고
울고 싶은

죄를 짓고 싶은 심정이었다.

보이지 않는 곳에서 온갖 종류의 생물이 일제히 떠들고 있었다.
나는 내가 모르는 도시에 와 있다고 믿게 되었다.

회색

가까운 곳에서 연기가 난다. 무엇인가 잘못되어가고 있다.

아름다운 건물들 사이로 더 아름다운 창문들 너머로 드러나는 사라지는 더욱더 아름다운 얼굴들, 사람이거나, 사람을 닮은 형상이거나
얼핏 보이는 유령들

연기 나는 곳에서 불이 났다는 얘기가 있고 누가 다쳤다는 말이 돌고 전염병처럼 번지는 불안 혹은 희열. 밤낮을 구분지을 수 없는 한때 연기는 걷잡을 수 없이

확산되고 있다.
무엇인가 큰일이 되어간다는 것만을 직감하면서

자주 가던 카페 아메리카노 쌉쌀함이 목뒤로 넘어간다. 의미 없는 플래카드 문구를 기억한다. 태엽이 돌아가지 않던 오르골 소리를 듣는다. 카페에서
가끔 내가 있던 그곳에서
끔찍한 일이 벌어졌다는 상상과 함께

연기의 원인을 짐작한다. 모르지만 발을 구르는 사람들과 알지만 입을 다무는 사람들 모두 한 무리가 된다. 하나의 장

르가 된다. 모호한 사건을 구체적으로 공유한다. 나서서 말하는 사람이 없는데 침묵이 유지되지 않는다.

불시에 피어나는 건 사랑과 증오만이 아니므로

추한 건물들 틈에서 연기가 멎지 않는다. 더 추한 그림자들이 연기 속을 떠돈다. 더욱더 추한 비명들이

이곳에 울려퍼진다.
연기가 나지 않는 곳에서

연기가 나는 곳으로

내일의 약속 장소를 변경해야 한다. 무슨 일이 생기기 전의 소란한 거리로.

연기에 파묻힌 이야기가 장황해진다. 거대해진다.
모든 말들이 비밀에 가까워진다.

하루가 지나고
연기 나는 곳은 그저 연기 나는 곳으로 불린다. 빠져나온 사람이 없다. 구조하는 사람이 없다. 이곳과 저곳을 오가는 유령들, 반은 아름답고 반은 추한 건물의 창문들엔 블라인

드가 내려져 있다.

안팎의 기준은 이제 연기다. 명확히 어디서 어떤 일이 벌
어진 것인지 그게 무엇인지 알 수 없지만

불확실한 감정에도 이름을 붙일 수는 있으므로

잘못된 일이 나쁜 일이 되어가고 있다.
아무도 나를 비난하지 않는다.
나는 아무도 옹호하지 않는다.

연기는 명확하게 피어오르고
연기 바깥에는 읽을 수 없는 표정의 사람들

아무 이유도 없이 건물마다 미세한 균열이 일어난다.

밤과 낮이 선악 없이 섞이는 사이

빌헬름의 에로티시즘

벽화가 이어진 거리를 걷는 동안 당신이 이국적이라고 느꼈다 초면은 아니었지만 처음 보는 표정들뿐이어서

무심결에 색으로 고른 향초를 선물했다

버건디의 향이라니 짙은 농도로 퍼져나갈 것 같아 쉽게 골랐다 냄새를 맡아본 적이 없으니 의외로 가볍거나 너무 무거울지도 몰라 심지에 불을 붙이지 말고 잘 보이는 곳에 장식해두면 좋겠다
때로는

눈에 띄는 순정이 더 필요한 거라

햇볕에 닿기도 전에 당신은 뜨겁다고 말한다 잡은 손은 여전히 차갑게 떨고 있다 그보다 내겐 열리다 마는 당신의 입술과 힐의 무게와 겉옷의 두께가 중요하다 벽화가 끊어진 곳에서 펍을 지나치면

당신은 춥지 않냐고 묻고 나는 춥지 않다고 말한다 불과 몇 걸음 차이로 지명이 바뀌고 문득
너무 멀리 와버린 것은 아닐까 고개를 돌리지 않고 당신의 목소리만 듣고 있으면 당신이 아닌 사람을 떠올리고 만다

춥지 않다는 게 따뜻하단 말은 아니었는데

중간에 끊긴 벽과 두서가 없는 그림을 상상하면서 당신과
보폭을 맞춘다 이곳은 보이는 것보다 들려오는 것이 많다
아무것도 말하지 마 이대로 있자 불현듯
처음과 같은 옷을 입고 당신을 만났다는 게 미안해진다

붉은 꽃

붉은 꽃이 핀다. 벤치에서. 돌연 쓰러진 아이의 머리에서.
목격자들이 말한다. 어떤 일이 생겼는지 처음부터 보았지만

기억에 남는 건 붉은 꽃이 아름답다는 사실

순수한 바람이 꽃잎을 흔든다. 관능적인 노을이 붉은 꽃
을 붉었던 것으로 덧칠한다. 아이는 미동이 없다. 사람들은
홀린 듯한 표정이다.
붉은 꽃을 꺾어서 가져가려는 얼굴이다.

하지만 손으로
만지고 싶진 않다는 듯이

모두 오래오래 벤치에 앉아 있다. 넓은 광장 좁은 한구석
에서 시들지 않는 수많은 미사여구를 무의미하게 만드는

붉은 꽃은 위험하다.
눈동자들 속의 붉은 꽃은 실제보다 더 선명히 붉다.

나는 철 지난 발라드를 듣는다. 어울리는 계절이 된다. 눈
앞은 붉고 귓가는 하얗게
아이가 낳은
아이의 몸보다 높은 질량을 지닌

하나의 꽃

　광장은 우울하다. 시민들은 광장의 우울에 전염된다. 붉은 꽃이 위험하다는 느낌과 갖고 싶다는 욕망 사이 벤치는 어두워진다. 충혈된 달이 구름 속으로 피어난다. 당신들은 아이를 본 적이 없다고 말할 것이다.

　붉은 꽃들 사이에서 유독
　붉은 꽃이 핀다.

　모두 본 것에 대해 이야기한다.
　얼마나 빨간지 무엇만큼 선홍빛인지
　붉다, 고 이해하긴 했지만

　내부의 장면과 무관해졌으므로
　아름다운 광장만이 남게 된다.

감정은 여러 종류의 검정

흰 시계탑 아래에서 만났지 정오의 어두움 광장과 민낯 무분별한 화합 그런 것들 건강한 아픔이 있다 행인이 말하는 걸 일행도 아닌 내가 들었다 열두시가 지나서야 겨우 너를 찾았다 언제나 제때 오는 것은 없다 종소리가 멎었으나 아무렴 어떤가 눈에 보이지 않는 것은 믿지 않기로 했다 둘이 있어도 둘이 아니어도 다만 하나의 슬픔이었다

회복에 전념하는 시간이 있었다 시계탑 왼편에서 나아질 때를 기다렸다 사람의 눈으로는 구분할 수 없겠지만 감정은 여러 종류의 검정 보이지 않는 것을 부를 수는 있으니 병일수밖에 80년대에 태어난 내가 70년대에 만들어진 거리를 걷고 있었다 세상의 아름다움을 오롯이 볼 수 있는 때가 있었다는 거다 웃고 있는 네가 외로워 보인다고 하면 너는 더 크게 웃어버리는구나 인간이 언어를 익히면 비로소 모든 색을 쓸 수 있지만 신은 언어를 아는 자에게 검은 잉크밖에 주지 않는다 사람의 사랑은 불완전하므로, 하나의 마음이 둘의 몸을 쓴다 낮으로 흐르든 밤으로 쏟아지든 시계는 늘 열두시를 향해 움직일 뿐이다

한마디 말의 간격으로 늙어가는 중이었다 사실은 나의 동물이 나를 키웠다 2000년의 여름 오후 세 시와 1900년의 겨울 오후 다섯 시가 겹쳐진다 비극은 결국 한 가지인가 너의 검정은 샘플이 없는 또다른 검정이었다 무거운 마음이 입

밖으로 나오자 가벼운 말이 되었다 네가 여기로 오기 전부
터 만남은 실현되었다 눈이 내렸고 우리의 손에서, 손안에
서 많은 결정이 무너지고 말았다 이 도시에서 고장날 일이
없는 건 시계탑만이 유일했다 이번 생에서 너와 내가 다시
만날 수 있을 거라고 기대한 건 아니지만

　　다음날에는

　　그다음,

　　다음날에는, 한 번 더, 첫사랑이기를, 그렇게 되뇌면서

동경

거리가 젖어 있다. 어저께 비가 온 것은 아니다. 오늘 소나기가 지나간 적도 없다. 예보에서 이번 해는 장마 없이 폭염이 시작될 거라고 한다.

울다가 웃다가 울다가 웃다가 울다가 웃다가

일생 동안 내내 얼어붙은 계절을 지나
첫번째 겨울잠에서 깬 당신을 만나고 돌아오는 길이다.
당신의 화법은 침묵과 나의 추측으로 구성되었다.
담벼락에 낙서된 두 개의 이름이 갈라지고 있다.
라디오에서 나오던 아일랜드 출신의 밴드 음악이 잡음으로 일그러지고 있다.

상관없이 젖은 거리가 이유 없이 마르지 않는다.

그해 한쪽에서 연인이 되는 것으로 짝사랑이 끝났고 반대편에서 짝사랑인 채 연인이 끝났다.

처음 신은 신발이 축축해진다. 어젯밤 쌓였던 음식물쓰레기가 반으로 줄어 있다. 집집마다 불이 꺼지고 누군가가 미워지는 시간

고양이 한 방울 개 한 방울 버스 한 방울 비안개 한 방울

유화 한 방울   —

굴러가는 돌의 모든 면이 젖는다.

아프다고 생각하자 병이 시작되었다.
건조한 계단을 오르다
2층의
내과와 외과를 동시에 보고
나는 다른 곳에서의 실연을 생각했다.

망한 시대와 올바른 생활

깊은 연못 주위를 자꾸 돈다 너는 나에게 바라는 게 없다고 말한다 배회하던 유기동물이 나를 바라본다

성인보다 큰 아이 석상에 네가 소원을 빌고 동전을 던진다 손을 떠나 손 같은 것을 향한다 인공과 자연 두 가지 실물을 번갈아 보고 있으면

맞닿은 다음의 감정은 손보다 귀에서 먼저 멀어진다는 걸 알아버린다

신을 벗고 걷는 너의 발이 가장 깨끗하다 소원이 있어도 던질 게 없는 내가 물빛에 젖는다 잠겨 있는 돌을 보고 네가 생각에 잠긴다

물은 당분간 돌의 무늬에 참견한다

애완동물이 나의 발밑으로 와 주인을 기다린다 겉을 헤치면 밖이 나오는 안개에 속은 없다 똑같은 일을 소망한다면 나란히 물 안으로 들어갈 수 있을까 너의 두 볼이 붉다 이토록 나는 무엇으로도 고백하지 않는다 신을 버린 채 너는 나를 본다

아무것도 아니라는 말 뒤에는 죽어서도 혼자 쓰여지는 서

사가 있다

　반만 무너질 수 있는 진흙을 밟는다 만질 수 없는 하얀 손
은 부드럽다 너의 입은 투명하다

　이곳에서 잃어버린 게 있는데 아무리 맴돌아도 보이지 않
는다
　물가에 죽은 듯 숨 쉬는 생물이 가득하다
　마음속으로
　언젠가는 내가 너를 찾지 않게 해달라고 뒤늦게 빌었다

2부

네가 모르는 서울에 내가 산다

선유도

창밖의 비를 좋아하지만 비에 젖는 건 조금도 좋아하지
않는 너에게

해주려고 한 얘기가 있어

선유도에서 만나자 선유도에는
오만 색으로 어지러운 화원이 있으니까

녹음된 빗소리를 들으며 비로소 안정을 찾는 너에게

어울린다 믿는 풍경이 있어

혀끝이 둔감해지면 입안 가득 맥주를 머금고
어디에선가

이 통화가 계속되지 않는다고

네가 여길 때면 무음이 침묵과 다르다면 난치의 감정이
라면

그건 바라지 않아도 젖어드는 일

너는 가을옷이 필요하구나 나는 봄옷을 생각하면서

양화대교를 건너고 있어

선유도에서는 볼 수 있을 거야 차마 겉으로는 구분되지
않는 계절

나의 9월은 너의 3월

선유도에서 만나자 선유도에는
직접 본 다음에야 알게 되는 게 있으니까

어쩌면 나는

네가 자주 입는 꽃무늬원피스에 수놓인 노랑과 파랑
하나는 무난하지만
하나는 네가 그토록 역겨워하는 향기를 품은 꽃이라는 걸

말해줄 수도 있을 거야

그리고 나는

그후의 복잡한 마음을 전할 수 있을 것 같아 들뜬 채로 한
강을 지나가다가
아주

一　서서히

선유도로 가는 길에 모두 잃어버리고 마는 거야

적

　당신은 당신의 기억을 되짚어가고 있었다 아쿠아리움에
갔을 때 너는 색색의 물고기들이 무섭다고 말했지 불가사리
정도는 잠깐 예뻐해줄 수 있을 것 같다고 돌연 잠수부의 손
짓이 떠올랐다 그날 네가 카페에서 치킨샌드위치를 주문했
고 한 입 베어 물고는 질린다는 표정을 지었어 순간 빈 접
시를 생각했다 내가 잊어버린 나를 더듬는 당신이 소름끼쳤
다 견디기 어려운 소외감을 느끼는 중이었다 의미 없는 사
물에 몰두했다 당신은 이별을 모르면서 이별할 방법을 아
는 사람이었다 펭귄과 너의 걸음걸이가 닮아 보였어 비로소
깜빡이는 전등을 응시했다 당신은 슬픔을 알면서 슬퍼할 방
법을 모르는 사람이었다 다음 음악이 재생되고 있었다 더는
사랑이 아니라면 그 이유는 묻지 않았다 당신의 기억 안에
당신은 없었으므로

— **망실**

— 문은 묵묵부답이다. 문 너머에는 나의 방이 있다. 그곳에는 나름의 질서로 흐트러지고 절반의 창문으로 환기되는 사적인

시절이 있다. 무감한 내가 복합적인 당신을 본다. 튼튼한 문을 바라본다. 친한 사람은 힘으로 덜 친한 사람은 머리로 더 많은 사람은 입으로 관여한다.

저곳은, 아무렇게나 잘 흩어진 종이엔 이전까지의 필기와 충분한 배치가 있고 어느 발끝에 카펫의 결이 조금 변해도 종일 신경 쓰이는

자기만의 방이다. 문틈으로 빛이 나고 있으니 불을 켜둔 모양이다. 수리공은 이미 도착해 있다. 나의 방을 아주 모르는 것도 아니면서 모두 문을 열기 위해 안간힘을 쓴다.

뒤가 보이지 않으니까 아무튼 무엇이든 몸소 확인하기를 원하니까

그 문은 벽에 가깝다고 수리공이 말한다. 타의로 닫고 자의로 닫힌 게 아니라고 한다. 문밖은 어느 곳이나 같으므로 나는 세상 아무데나 서 있다.

—

왜 이럴 때 당신의 방이 아닌 당신이 떠오르는지

그런 면에서 문을 향해 있는 나는 처음부터 안쪽에 와 있
다. 나의 말문. 닫힌다. 당신의 방문. 닫는다. 열어달라고 말
하며 열리지 않기를 바라는 모순

너머란 망상이므로 분명 나는 지금 세계의 모든 문 앞에
있다

안으로 생각에 잠겨 있을 때의 모습을
밖에서 보면 그것이 당신에 대한 비밀스러운 생각이라는
건 모르는 것처럼

본능 이상의 것

　폭설이 우리를 산장에 묶어두었다. 주인 없는 산장에서 보낸 이틀. 눈은 한시도 그치지 않았다. 산장이 눈에 파묻히지 않는 게 안도와 오해를 낳았다. 우리는 네 명이고 이틀 전에는 세 명이었다. 산장보다 좋은 곳을 찾으러 간 한 사람. 나빠져도 혼자가 좋다던 한 사람 있었다. 너희 말을 도저히 더 못 들어주겠다고, 차라리 눈 속으로 들어갔다. 모르는 두 사람은 언제부턴가 우리와 함께였다. 식량이 반에서 반으로 줄고 있었다. 산장은 아주 따뜻해서 지내는 동안 방한복을 벗고 있었다. 산장은 아주 넓어서 우리가 안 쓰는 방들이 수십 개가 넘었다. 먼지 쌓인 빵을 먹으며 우리는 정도껏 쌓이는 눈을, 겨울이 지나고도 비참히 내리는 눈을 보았다. 장작이 떨어지자 의자 다리를 부러뜨렸고 의자 다리를 잃어버리자 소설을 넣었고 소설이 재가 되자 역사를 던졌고 역사가 사라지자 성경을 찢었다. 잡담이 아니라면 말을 아꼈다. 벽난로가 식고 우리는 세 명이 되었다. 따뜻해졌다. 빵 대신 빵가루 묻은 먼지를 먹었다. 우리를 떠난 그 사람이 더 잘 지낼 거란 생각이 들어서 슬프게 추웠다. 눈이 비로 바뀌어 내리고 있었지만 우리는 산장을 떠날 수 없었다. 이미 내린 눈이 녹지 않은 채 얼어붙었다. 식량이 떨어지고 우리는 두 명이 되었다. 배가 불렀다. 여름이 분명했는데 우리는 산장에 묶여 있었다. 소모적인 대화가 계속되었다. 눈과 비가 절반씩 내리고 있었다. 춥고 배고팠지만 우리는 한 명이었다. 혼잣말을 하다 죽는 사람이 너무 많다는 소

식을 듣고 있었다. 우리에 관한 뉴스가 평생 실종으로 보도
되면 좋겠다고 생각했다.

번역

갤러리에서 너와 나는 하나의 그림에 사로잡힌다.
이것은 알파벳이다.
저것은 관계의 건축이다.
그것은 연애소설이다.
뒤에서 들려오는데

배경에는 바위와 나무와 하늘이 있다.
각양각색의 사람이 있다.

이것을 보다가 너는 눈물을 훔치고 저것을 비추는 조명이
나는 너무 밝다고 느끼고
그것에는 많은 사족이 달린다.

수천 년 전의 사건을 수백 년 전에 그린 거라고
설명하는 데 나는
몇 초밖에 걸리지 않는다.

하려는 말을 자꾸 미루게 되고
이것에 관한 얘기가 저것으로 이어지고

그림에 빠진 너의 눈을 보면 내가 보는 것은 너의 눈망울
에 맺힌 그림이다.

떠오르려는 생각이 있는데
떠오른 순간 그것이 되고

블루를 파랗다고 스킨을 피부라고 바꿔 표현하니까
너는 이해한다는 듯
고개를 끄덕인다.

애인이 되어 갤러리를 빠져나온다. 너의 오른손과 나의
왼손이 얽힌다. 손가락이 엇갈리는 만큼 가까워진다.

그림을 보기 전에는 너에게 할말이 없었고
그림을 본 다음에는
할말을 쉽게 꺼내지 못했지만

너는 그런 내가 좋다고 한다.
돌탑을 쌓는 것인지 쌓은 것을 해체하는 것인지 알 수 없
던 무엇에는
바벨탑의 완성이란 제목이 붙어 있었다.

모자가 뒤집히고 신호가 바뀌고 너와 나의 서로 다른 한
쪽 입가에 미소가 번지고

나는 네가 싫지 않다고 말한다.

나는 그림을 보는 네가 좋다고 말한다.

그것을 갤러리에 포함하는 방식으로 너는 나를 바라본다.
갤러리가 보이지 않자 입속에 맴도는 단어가 있고

한쪽이 웃자 다른 한쪽이 희극적으로 웃는다.

결국 나는 해야 할 말을 뱉어내지 못하고
끝내 너는 궁금해하지 않는다.

노르웨이숲

부모는 말이 없다
요람 속의 노르웨이숲,
노르웨이숲이 울부짖는다

"   "

남편은 벌써 새끼손톱만큼 자라난 턱수염을 만지며 탄식
한다
"   "

번진 화장 때문에 아내의 표정은 느낌보다 극적이다
노르웨이숲이
요람을 긁는다
부모는
동물적인 애정 이상으로 젖을 먹이고
동물적인
이하의 감정으로 쓰다듬는다

부모의 친구들과 가족들이 찾아와
축하와 동정 사이에서 망설이다가
부모의 어느 한쪽 또는 양쪽 모두를 의심하다가
몇 달치의 사료와 나무로 된 스크래쳐, 모빌과 우유병을
두고 간다

이듬해 부모는 거의 늙지 않는다

— 노르웨이숲은 요람 밖에서 네 발로 걸어다닌다

“   ”

남편은 흘러내리는 안경을 고쳐 쓴다
“   ”

아내의 낯빛이 어둡다 종이 달라진 것처럼

노르웨이숲은
신발 없이 계단을 오르내린다
부모는
그저 동물을 보듯 바라본다

돌아온다는 말도 없이 떠난 노르웨이숲을 부모는 찾지 않
는다

도시 곳곳에서 발견되는 사람을 벗어난 발자국들 사람과
다른 배설물들 사람이 아닌 울음들

모르는 타인들이
노르웨이숲을 기피하거나 먹이를 던져준다

야생에서 자란 동물과 야생에 버려진 동물이 서로를 물어
뜯는다 그들은 같은 종이다

—

이혼한 부모가 노르웨이숲을 두고 소송중이다
결과에 따라 한쪽은 동물 취급을 받을 게 분명하다

그리고 노르웨이숲은 자신도 모르는 어느 숲의 고향으로
돌아가게 될 것이다

백 년 전의 구름이 먹구름이 되어 그때와 모든 게 똑같은
지역을 가볍게 통과한다

그러나 침묵에는 국경이 없다 말할 수 없는 슬픔이 세상
안팎에 유기되어 있다

산타클로스의 이별선물

그해 마을에 굴뚝이 늘어났다 높은 굴뚝이 흔해졌다

산타클로스는 한껏 가벼워진 선물 보따리를 둘러멘다 한 칸씩 마음에 쌓이는 짐이 무겁다 세상엔 아직 만나지 못한 아이들이 넘쳐나는데…… 생각하며 아이 머리맡에 포장된 물건을 두고 나온다 매번 드는 도둑들과의 공동체 의식을 버리지 못한다 무단으로 두고 나오는 일과 무단으로 들고 나오는 일 어디에도 도덕은 없는 게 아닌가…… 고민하며 창문을 연다 잠든 아이 얼굴을 훔쳐본다 산타가 오지 않아 슬픔에 빠진 아이와 도둑이 찾아와 슬픔에 빠진 어른…… 같은 슬픔이다

친구를 갖고 싶어요 말하는 백인 소년아 너에게 얼굴이 누런 소년소녀 친구들을 만들어주겠다 아니면 햄스터나 다른 동물을…… 그보다 먼저 죽을 친구도 좋다면 내가 너의 친구가 되어주겠다…… 무엇이 네게 가장 필요할지 모르겠구나

그해 높은 곳에서 연기가 시작됐다 그보다 낮은 데서 별들이 떨어졌다

고아원 아이들은 이런 날 부모를 갖고 싶어요 말한다 내가 되어줄 수도 있지만 너희가 기러기아빠를 원하진 않을

테니…… 잠시라도 정을 줘서 미안하구나

　검게 때가 탄 붉은 옷을 보며 산타클로스는 올해의 마지막 굴뚝으로 들어간다 아이의 잠든 표정이 곧 울 것 같다고 또는 금방 웃을 것 같다고 생각하며…… 편지를 읽는다 좋은 사람이 되고 싶어요 산타클로스는 말없이 결심한다 너와 같은 아이들을 위해 내가 나쁜 사람이 되어주겠다 고맙구나 내 죄책감을 덜어줘서

　루돌프를 두고 나온다 모범적인 아버지를 들고 나온다 지붕을 뛰어다니며 굴뚝을 막으며 다짐한다 루돌프와 아이가 친밀해질 나의 집, 나의 아이야 네가 희망을 주거라 은밀하게 너도 누군가의 성장을 지켜봐주어라 슬픔이 또다른 슬픔으로…… 희석될 때까지 말이다

설원

아득한 평원이었다. 날아간 새의 깃털들이 흩뿌려져 있었다. 생생한 깃털을 따라 평원의 깊은

중심으로 향했다.

떨어진 것에서 버려진 것으로, 그다음으로 넘어간다는 느낌이 없었다. 자꾸만 이곳이었다.

먼
도시에는 똑같은 말을 해도 다르게 받아들이는 둘이 있었고 나는 두 사람을 모두 견딜 수 없었으므로

세상이 나보다 먼저 망하지 않을 것 같아

일주일치 약을 한 달에 걸쳐 먹기도 했다. 몸의 한쪽을 다치면 늘

반대편이 더 멍들었다.

언제나

다음은 있어도
미래가 없는 모양으로 아득한

잔혹하고 아름다운 평원이었다. 모든 게

그저 그렇게

하얗게 보였다.

빨강

만년필로 내가 꺼낸 과일은 빨강이다. 빨강이 왜인지 알고 무엇인지 모르고 너는 먹을 준비를 한다. 아침마다 푸른 사과를 떠올리며 너는
　빨간

입술을 핥는다.

이렇게는 너를 조금 애정하게 된다.

빨강은 순수하고 빨강은 빨강이 아닐 수 없어서 해롭다. 오후는 그런 식으로 흘러간다. 네가 자세를 고쳐 앉을 때마다 테이블에 영향이 간다. 빨강은 미동이 없다. 익숙한 음악이 쏟아진다.
　독이 든

빨강은 아니지만

혼자서 병약해지는 네가 있다. 오래 방치해도 상하지 않는 과일이 있다. 빨강은 그대로 있고
　너는

빨강은 우울하고 빨강은 너무 빨강다워서

타지에 가서도 나를 원망하기로 한다. 빨강은 오롯이 있
고 나는

사랑한 적이 있냐는 말에 부정하지 않는다.

공범

의자를 사러 간다
내가 느끼는 편안함보다
빈 의자라는 형태가 아름다운
소모적인 공간이 필요하다

의자를 고르고 있다
첼로 연주가 가능하고
식탁에 놓을 수 없고
명확하게 빨강, 초록, 검정
부르기 힘든
색깔이어야 한다

의자를 산다
다 커버린
애완동물들이 좋아해줄까

의자를 버린다
이틀이 지나기 전에
필요 이상의 쓸모가 생기기 전에

버린 의자에 앉는다
비로소 나는 사회인이 된다

만신창이의 역사

　단잠에 빠진 그 사람은 할말이 있다는 듯 입을 내밀곤 했
다 커튼이 외부를 훑는 동안이었다 그 사람 이마에 꿰맨 자
국이 있었다 머리카락 한 올과 같이 실금에 가까운 정도였
다 멀리서 보면 그랬다 수면에 잠긴 채로는 자주 좋은 장면
에 머무르는 듯 가끔 웃기도 했다 그 사람의 머리맡에서 떨
어진 펜이 바닥을 긁었다

　여느 날처럼 이웃은 조용했으나 산책하는 이들이 많았다
그 사람의 손은 작은 소리에도 움직이곤 했다 그 사람의 몸
은 작은 빛에도 흔들리곤 했다 잘 개인 셔츠의 소매끝에 실
밥이 매달려 있었다 그 옷은 그런 옷이었다 먼지 같은 것들
한껏 털어내도 눈을 돌리면 어느샌가 되풀이되는 일이었다

　휴일이 있는 사회에는 부재중 전화가 잦았다 사람을 찾는
사람이 많았다 한 번도 쓴 적 없는 만년필의 잉크가 굳어 모
스부호처럼 그어지는 날이었다

　미안하고도 어려운 얼굴을 하고 그 사람은 잠이 들었다
정면으로 있을 수 없어 자꾸 뒤척였다 평생보다 긴 꿈이어
도 이해할 수 있다 거기서는 지난 사람과 안부를 물어도 괜
찮은 사이가 되었다

서글픈 오전부터 지루한 오후까지

까마귀가 울자 당신은 덜 외로워진다. 오전부터 오후까지 창밖을 바라보면서 지나가는 모든 대상에 이름을 부여하는 동안

검은 비가 내리자 사람일 거라고 믿은 짐승이 사람 같은 것으로 보이기 시작한다.

초침 소리와 떨어지는 물방울의 리듬에 당신은 덜 외롭다가도 더 아프다. 의식적인 헛기침으로 잠시나마 혼자가 아니라는 기분을 맛본다. 이런 날이 계속된다면 카페인에 의지할 필요도 없을 테지. 다시 한번 이런 날이 올 것이라 느끼면서도 당신은 이런 시간이 두 번 오지는 않을 거라 생각한다.

하얀 안개가 깔리자 순결한 마음이 불온한 몸의 외부에 있다고 착각한다.

빗소리에 까마귀의 울음이 섞이고 흑백으로 흔들리면 슬픈 재즈가 된다. 떨어지는 것을 듣기만 하면서 멈출 방법을 모르면서 당신은 입술을 까딱거린다. 침묵을 깨고 싶어한다. 서글픈 오전부터 지루한 오후까지 이런 음악이 계속되어도 좋은 것일까. 그런 사이 창밖을 지나가던 이들은 대부분 당신의 눈을 거쳐 사람이 되었다는 걸 떠올린다.

감상에 빠진 자신이 싫어 당신은 실소한다. 그 시각 커피가 식어가는 소리와 타인들의 손가락이 지평선을 퉁기는 찰나와 그 너머로 사라지는 하루의 선율 그리고 무미건조하게 쓴 글씨의 볼륨이 높아졌다가 작아지는 것을 듣고 만다. 창밖보다 창 안이 선명해진 순간 창문에 비친 것을 보던 당신은

누가 알아주지 않을 때에도 울고 있는 스스로를 발견한다.

도그빌

꿈에서 주운 개를 꿈 밖에서 키운다. 내가 먹는 밥을 먹인다. 내가 아는 곳으로 데려간다.

발코니로 간 나의 개는 밑에서 올라오는 담배연기를 태연히 빨아들인다.
그게 발코니의 냄새인 줄 안다.
한강으로 간 나의 개는 낯선 두 아이가 공 하나로 웃고 우는 장면을 지켜본다.
그게 가족인 줄 안다.
세탁소로 간 나의 개는 모피코트를 벗어놓고 나온 여자를 따라간다.
그게 마음인 줄 안다.
현관 앞에 멈춘
나의 개는
문을 열어두어도 안에서 불러봐도 꼼짝없이 앉아 있다.
주인과
타인이
그게 그건 줄 안다.

언제 어딘가로 사라졌는데, 나는
나의 개가 있었다는 것마저 잊어버린다.

이전인지 이후인지 모르지만

꿈에서 만난 개를 꿈에서 방치한다. 오줌을 뿌리며 따라
오는 소리가 아직 뜻이 없는 낱말처럼 들린다.

　꿈 밖에서 나는 혼자 이 인분의 요리를 먹는다.

　익숙하고도 익숙해지지 않는 도시를 걷다가
나의 개를 닮은 개와
나의 개를 하나도 안 닮은 개와
개도 아닌데 개로 불리는 남녀노소가
어디에나 있는 것을 본다.

　도시는 한꺼번에 어두워지고

　내가 없는데 내 방에 불이 들어온다.

새벽 네 시

새벽 네 시에 맞춰 슬픔을 조율하다가 너를 발설한다 지난날의 너와 오늘날의 내가 어긋난다 서울의 우울, 우울은 서울

남부지방에는 비가 온다는데 이곳에는 눈이 내린다

어제는 너에 대한 미움으로 잠을 설쳤고
오늘은
누구에게든
미워하는 마음을 먹지 않으려다
밤을 샌다

오후 네 시에도 새벽 네 시의 감정이 이어진다 고전에는 시차가 없다고 내가 그랬던가 매혹적인 서사는 모두 과거형에 불과하다고 네가 말했던가

아이슬란드는 여름이고 서울은 겨울인데 같은 온도로 바람이 분다

세상에서 제일 마주치기 싫었던 네가
하필이면 우주에서
가장 듣고 싶은 말을 해주었을 때
어떻게든

나는 겨우
눈을 감았다

쳇 베이커를 좋아한다는 걸 알면서 재즈를 좋아한다고는
생각하지 않던 낭만

내가 아는 서울에 네가 산다
네가 모르는 서울에 내가 산다

모퉁이를 돌아 골목에 닿아

어디에서든 다시 마주치게 될까

기다리거나 지나칠 뿐 새벽 네 시는 오지 않는다

성

유려하고 무거운 성을 짓고 싶었다. 파도가 밀려오기 전이었다. 머릿속에 펼쳐져 있는 웅장함 그 이미지의 세밀한 복원이었다. 모래는 원하지 않았고 모래의 질감은 탐났다. 어디가 끝인지도 모르면서 하는 중이었다. 여름이 지났고 더위 먹은 기분은 계속되었다. 푸른 파도가 밀려오기 전이었다. 마음 안에 지어져 있는 완벽함을 꺼내보고 싶었다. 만질 수 없는 나의 성. 만져보는 게 희망이었다. 실수를 반복하고 실패를 연속하고. 어그러질수록 계획이란 처음부터 계획에 불과한 것처럼. 닿지 않고도 이뤄지는 관계를 바랐다. 순수는 어디에 있나. 망가져가며 만들어지는 나의 성. 늙은 파도가 밀려오기 전이었다. 외곽이 필요해. 성보다 견고한 테라스가 필요해. 손발이 무뎌지도록 모래를 파냈다. 그러니까 슬픔이, 무뎌지도록. 어디서 시작됐는지도 모르면서 하는 중이었다. 마음의 형태는 늘 미완이었다. 누군가 성에 관여하지 않아도 나의 성은 무너져내리고 있었다. 잊기에는 늦은 모양이었다. 정든 파도가 밀려오기 전이었다. 그럴듯하게 성을 불러보고 싶었다. 입술을 떼면 화려하지 않은 내부를 들킬 것 같아 그만두었다. 먼 나라를 바라보았다. 아무도 생각하지 않으려는 생각에 빠져들었다. 마음이 흔들리고 말았다. 남은 파도가 밀려오기 전이었다. 잃기에 좋은 계절이었다. 성은 처음 그려보았던 성과 유사했다. 다만 성은 이곳에서의 성이었다. 나쁜 기억이 성에서 섬으로 섬에서 이국으로 번져갔다. 나의 행복은 너무 멀리 있었다.

3부

사람이 멀어지자 마음이 멀어지게 되었지만

무서운 소설을 읽은 다음

문을 열기가 무서워서 집안에 있었다. 무서운 사람은 없었는데 무서운 사건이 벌어지는 소설이었고

무거운 마음이 되어 긴 소파에 앉았다. 티브이를 켰다. 재밌는 사람들이 웃긴 얘기를 했고 나도 조금 웃었지만 불현듯

그들의 대화 속에는 웃지 못할 이야기가 더러 섞여 있었다, 는 구절이 떠올랐다.

내리쬐는 태양에 모든 사물이 선명했다. 밝은 거울과 절도 있는 시곗바늘이 나를 불안하게 했다. 오랜만에

날아온 지인의 연락이 달가웠으나 반갑지만은 않았다. 블라인드를 내렸다. 창문을 열면 새로운 관계에 개입될 것 같았다.

긴 소파 위에서 무의미하게 시간만 흐르고 있었다. 무서운 사건은 소설 속에서 끝났지만 무서운 생각이 이어지고 있었고

굴절된 빛을 받아 나를 닮지 않은 그림자가 서성이고 있었다. 내 곁을 떠나지 않았다.

보이는 것들이 하나도 아름답지 않았다. 긴 소파가 넓어지고 있었다. 좁은 마음이 움츠러들고 있었다. 그건 분명 연애소설이었는데

불

불타는 돼지를 보여주었다. 굽거나 익히는 것과는 다르게, 단지 불타는 돼지를

보여주고 싶었다. 당신은 비명이나 점점 아래에 고이는 기름, 변해가는 피부 같은 일에 더 주목했다. 날씨가 더 나빠지고 있었다. 몸부림 같은 건 아무래도 좋았다. 당신은

불타는 그것을 보았어야 했다.

누구도 모르게 방 한 칸이 빈방이 되었다. 당신의 지인들은 바비큐 파티를 준비하고 있었다. 날씨가 더욱더 나빠졌고 그건 퍽, 희망적이었다. 당신의 지인들은 돼지를 몇 조각으로 나눌지, 머리나 꼬리도 먹을 수 있는지를 논의했다. 당신은 돼지에 관하여 메모중이었다.

나는 당신들의 관계를 생각했다.
불타는 돼지와 다른 모든 돼지는 근본적으로 다른 것이다.
오래전부터 누명을 쓴 자들은 타오르는 불길 속에서
돼지로서 죽었다.

빈방은 늘어나지도 줄어들지도 않았다. 당신의 지인들은 불타는 돼지를 보며 오늘 저녁 배불리 먹은 후 내일 먹을 부위와 양까지 계산하고 있었다. 그것은 불타고 있었다. 냄새

를 맡고 몰려든

동물들이 있었다.
나는 감정적으로 화장되고 있었다.

불속에서 언뜻 뼈가 보였다. 가장 오래된 양식이 거기 있
었다. 빈방에서 썩은내가 풍겨져나왔다. 당신의 지인들이
누군가를 분주히 찾고 있었다. 당신은 불타는 돼지를 미화
해서 스케치하고 있었다.

불길이 사그라지고
돼지가 비명을 지르지 않게 되었을 때,

나는 불에 뛰어들었다.

당신들 사이에서 뭔가 믿을 수 없다는 불신이 싹트기 시
작했다.

우리의 서른은 후쿠오카의 여름

후쿠오카에서 아침을 맞는다
역과 역 사이에 강이 흐른다
예정된 비가 온다
하루 안에
이틀치의 비가 오고 있다

오롯이 젖은 사람과 앞으로 젖을 일밖에 없는 사람과 젖
는다는 이미지에 젖어든 사람과 젖지 않아도 비극에 젖어가
는 사람과 젖지 않아서 불안한 사람과 자기만은 젖지 않을
줄 아는 사람에게
공통적으로 먹구름이 드리워 있다

차양 밑에서 우산을 펼친다
우산 아래에 온몸을 감춘다
몸은 버려진 것과 다름없어 보인다
비에 대한 예보가 전해지기도 전부터
강은 수위를 높인다

어딘가에 두고 와 잃어버린 우산이 있다
너 나 할 것 없이 모두가 그랬다
잃어버린 우산은 전부 멀쩡했지만
거리에서나 도보 어딘가에서
예기치 않게 발견된 우산은 빠짐없이 망가져 있었다

신발은 멍든다 비가 멎더라도 그 사실은 유효하다

그럴 만한 시간이 부족해도 말을 바꿔도 젖게 된다 우리의 서른은 후쿠오카의 여름으로 환전된다

나는 미리 와 있다

사람은 오지 않는다

비는 오고 있다

신호를 기다린다

아무도 선을 넘지 않는다

연찬

송별회에서 너는 정말 떠난다고 했다 이따금 모든 게 끝
인 것 같았으나 한 움큼 기다리는 게 여럿 있어 우리를 유예
했다 더러웠지만 결백해지고 있었다 마지막으로 할 이야기
가 있다는 말을 너는 네 번 했다 연락해 네가 돌아보지 않았
다 손발이 무거워져 놓고 가야 할 서정이 있었다 우리는 저
마다 흩어진 후였다

드라이플라워

백야 속에서 네가 반쯤 웃고 있었다 매혹적인 이미지 외설적인 향기 몽환적인 목소리 너의 모든 것을 훔치고 싶은 한순간이 있었다

아주 잠깐 너를 꽉 안아주었다

그것은 치사량의 사랑이었다 나는 네가 아름다운 채 살아 있길 바란 적은 없었으나 아름다웠던 채 죽기를 바란 것은 더더욱 아니었다

깊은 밤에도 감춰지지 않는

짙은 몸이 있다 그 몸에 묶인 사람이 육교 위에 서 있다
사물이 잠들고 실루엣이 야행하는 밤이다 번화가의 빛이

가로등을 어루만지며 온다 움직이려고 한다 몸은, 몸의
말을 듣지 않는 사람의 생각이, 마음에 들지 않는다 사람
은 그냥

뛰어내리는 게 낫다는 충동에 시달린다 몸이 허락하지 않
는다 싫어를 극복한 그림자가 은행을 밟는다 냄새가 사람에
밴다 흥얼거린다 몸은, 다른 몸과 사람을 바꾸고 싶다

육교 아래로

중앙선이 도드라진 밤이다 정처없음을 이해하기 쉽지 않
으나 몸이 사람을 가두기는 어렵다 동사자가 있는 여름 유
사한 여름에

사람이 멀어지자 마음이 멀어지게 되었지만 몸은, 기억한
다 피가 흐르는 손과 흘러내리는 안경과 삐뚤어진 모자 그
리고 그 외의 여러 것

훗날 사람이 자라 어른스럽게 되면 몸은 그보다 더 나이
를 먹을 거라 확신한다 사람이 사람의 몸을 걱정하는 동안

몸은 몸의 사람을   —

 멈추려고 한다 확 떨어져버리지도 못하는 절벽의 끝에서
더 먼 절벽의 끝으로 내몰리기만 하는

 심정으로 사람이 서 있다 내내 몸은 사람을 쓴다 몸이 끝
끝내 사람으로 사는 중이다

바라만 보면 그리운 닿으면 부서지는

네 손에 쥐여준 장미는 조화다
연기가 난다

너는 장미에게서 많은 의미를 찾으려 한다
조화는
장미의 향을 닮은 냄새가 난다

장미가 아니라고 말할 수 없는 무언가

그가 사물처럼 놓여 있다
연기가 그를 잡아먹는다

나쁜 소문이 돈다

낮도 밤도 아닌 시간
입술들이 오므라들었다 펴졌다 한다

네 손에 쥐여준 장미와 그의 귀는 막 피어오르는 연기와
닮아서

너는 완벽한 한 송이의 장미를 버린다

연기처럼 사라진다, 그건

뼈와 살을 버린 포유류에게 남은 영혼과 닮은 것

나는 장미향이 섞인 달콤한 냄새를 맡는다
연기가 걷힌 자리에 그가 사물처럼 놓여 있다

좋은 소문과 나쁜 소문이 동시에 퍼진다
죽은 쥐가 버터향을 맡으며 살찌고 있다

괘종시계가 어울리는 테이블

추가 다섯 번 흔들리고 종이 세 번 울리고 테이블엔 카모
마일과 자스민

노란색에서 두 가지 향을 맡고 있어 참 멋진 일이야 저번
에 읽다 만 책을 다시 처음부터 읽고 있는데 오늘의 독서도
같은 부분에서 끝날 듯한 예감이 드는군 무료한 시간이 만
족스러워 전화로 오해가 생겼으니 만나서 풀자 그래도 오
지 않는 네가 마음에 들어 카모마일이 쏟아진 자리에 자스
민 얼룩

추가 열 번 흔들리고 종이 여섯 번 울리고 테이블엔 수저
와 나이프와 포크 간간이 접시

고기를 썰 때 티비를 보고 밥을 뜰 때 너는 나를 보고 국이
식을 때 나는 짧아진 너의 머리를 보고 시계태엽을 감을 때
너는 나를 보고 먹은 것도 없이 접시가 비어가고 식사 시간
이 길어지고 한마디도 없이 일정한 박자에 따라

추가 스무 번 흔들리고 종이 한 번 울리고 테이블은 텅 비
어 있지

무서운 건 테이블이 어느 쪽으로도 기울지 않았다는 것
너와 내가 없는

새벽에도
테이블은 쓰이고 있다는 것

 갈등이 풀리지 않은 채 늙어가는군 시계만 있었다면 테이
블만 있었다면 읽다 만 책을 이어서 보긴 쉬웠을 텐데 내일
은 자스민이 쏟아진 자리에 카모마일 얼룩 너와 나는 테이
블 외부에 놓인 정물에 불과해

아무것도 아닌 말

취기가 좀 오른 날이었소. 사위가 어둡고 눅눅했지만 밤
은 아니었을 거요. 충분히 어두웠지만 그래도 내 기준으로
봤을 땐 밤이라 부를 정도는 아니었으니까. 얼떨결에 알게
된 선생과 마음이 맞아 한잔했소. 이것은 내 가치관에 의한
한잔이란 걸 알아두시오. 어디까지 걸어왔는지 기억나지 않
소. 비틀대던 차에 새라든지 쥐라든지 아무튼 그런 사체가
꽤 많이 보였다오. 대부분은 동사했을 거라 추측했소. 그랬
길 바랐거든. 스텝이 꼬인 취객의 눈엔 그런 게 유독 잘 보
인다는 걸 기억하시오. 그것들을 흘겨보면서—가끔은 실수
로 밟기도 하면서—내게 떠오른 건 동정심이 아니라 장식품
을 보는 기분이랄까. 죽음 자체에는 미학도 뭣도 없는데 죽
음 이후에야 미학에 가까운 선악이라는 게 있거든. 다 경험
해보면 알게 된다오. 내겐 둘도 없는 친구가 있었소. 평생을
함께할 의리 같은 게 있었는지는 모르겠고. 늘 말로는 그럴
듯하게 우정 따위의 헛소리를 뱉어댔지만 말이야. 머릿속에
는 철거 위기를 맞은 건물 하나를 떠올리면서 따라오시오.
이야기가 옆으로 샌 것 같지만 그렇지 않소. 오히려 샛길에
핵심이 숨어 있지. 명심하시오. 이 모든 것이 내 절친한 친
구를 잃을 수밖에 없었던 불가피한 이유라는 걸. 아무튼. 가
뭇하게 집이 보였는데 딱 좋을 만큼 취하기엔 약간 모자랐
소. 가게에서 작은 맥주 한 캔을 사 그 자리에서 홀랑 마셔
버렸지. 그거에 대해선 지금도 회개할 마음이 있소. 고작 그
한 모금으로 내 감정이 넘쳐흐르기 시작한 거요. 정말. 우스

운 이야기지. 작은 결함으로 인해 무너진 둑을 그리면서 들어보시오. 그날로부터 불과 하루 전 절친한 내 친구는 수많은 농담 속에 그 말을 끼워넣었소. 물론. 그 말 또한 농담일 뿐이었소. 농담거리나 될까. 그냥 그건 아무것도 아니었소. 누구나 쓸 법하고 담아둘 이유도 없는 그런 거였지. 솔직히 나는 그 말을 기억하면서도 입 밖으로 그것을 꺼낼 수는 없소. 그 말에는 악의 따위는 없었소. 너무도, 너무도 평범하고 시시한 말. 어쩌면 아니 분명 당신도 하루에 수백 번은 입에 담고 있을 것이라오. 고작 그런 말 때문에 자신이 죽었다는 걸 지금도 내 친구는 상상도 못할 테지. 멍청하고 가엾기는. 오해하지 마시오. 주어는 없으니까. 곧 나는 죗값을 치를 것이고 마땅히 그래야 하오. 하지만 내 친구의 행위에 대해서는 아무도 심판할 수 없었소. 나에게 가장 잔인하고 무거운 짓을 저지르고도 벌금조차 물지를 않으니. 술자리에서 만난 선생이 그런 말을 내게 던졌다면 짧은 인연이 더 가치 있게 되었을 것이오. 친구나 원수가 될 수도 있었겠지. 그리고 원수 한둘쯤 사랑하는 게 뭐 대수겠소. 하지만 놈은 이미 둘도 없는 친구였거든. 그럴수록 지켜야 될 예의라는 게 있다는 말이오. 참을 수 없이 분노가 치민 나는 급하게 친구를 불러냈소. 그 순간 계획을 세웠소. 사고사로 위장하기로. 최대한 아무것도 아닌 사건이 되어야 했으니. 도로로 몸을 살짝 밀어버리는 만큼의 힘. 딱 그만큼의 살의만 보태기로. 한순간이었소. 차는 무의미하게 달아났고 나는 들짐

승의 사체와 같은 꼴이 된 친구를 가만히 내려다보았소. 숨이 끊어지는 걸 그저 방관했단 말이오. 짓무른 입술로 친구가 중얼거리더군. 알아들을 수 없었소. 그건 그 친구의 모국어였소. 빌어먹을. 그래도 나는 알 수 있었소. 하나뿐인 내 친구가 신을 찾고 있다는 걸. 내가 그를 죽였다는 사실을 믿지 않는 모양이었소. 그래서 그에게 나오는 대로 거친 저주를 퍼부어댔소. 오 분쯤 지나서였나. 조금 제정신이 돌아온 뒤에 나는 알고 말았소. 나는 그의 몸을 죽였으나 그는 이미 나의 마음을 살해한 뒤라는 걸. 죽은 사람이 산 사람을 죽이다니. 이런 아이러니가 어디 있소. 그런데 왜 나는, 내가 죽인 친구의 마지막 모습보다 그 가벼운 말 한 마디를 잊을 수가 없는 것이오. 대체 삶의 어디쯤에 그 말이 박제되어버렸다는 말이오.

몽유병자들

  몽타주는 그를 닮은 데가 많았다. 그는 자수하러 왔다고
했다. 선생님, 우리가 찾는 사람은 선생님이 아닙니다. 경
관이 윽박지르듯 타이르기 시작했다. 쉰 목소리로 그가 내
뱉었다. 저의 죄는 명백합니다. 그 짧은 한마디를 쏟는 동
안 억울한 사람들이 서를 찾았고 경관은 다음에 라는 말로
모두 돌려보냈다. 고해성사를 하실 거면 성당으로 가세요,
선생님. 여기가 뭐 하는 덴지 알고 오신 겁니까? 그는 고개
를 들지 않았다. 하지만 제게 필요한 건 마음의 위로가 아니
라 법의 심판입니다. 구체적인 낙인을 찍어주길 바라는 겁
니다. 마침 전화벨이 울렸고 경관은 수화기를 들었다. 전화
를 끊고 둘러보자 어느새 온데간데없이 그는 사라졌다. 오
늘은 유독 죄를 지은 기분으로 서를 찾는 시민들이 많았고
경관은 나중에 라는 말로 모두 떠나보냈다.

허브

날마다 탁자에서 허브가 자란다. 허브를 먹으며 동생이
자란다. 귀가 얇은 식물은 모든 감정을 이해한다.

모르는 두 사람이 가까워지는 커브 아이와 어른 오가는 발
에 채일 때마다 쓰임새가 달라지는 돌, 돌.

동생과 나는 같은 탁자를 쓴다.
탁자는 넓고 허브는 많고 동생은 탁자의 허브 또는 허브로
된 탁자를 먹는다. 탁자는 식탁으로 쓰일 수 있다. 책상으
로도 쓰일 수 있다. 허브로 된 탁자는 자라는 성질이 있다.

담 하나가 건물과 건물 사이에 쌓인다.
밤마다 담을 두드리는 소리 똑똑 쿵쿵 흑흑 하나둘, 하
나둘.

나와 동생이 칼날과 연필로 새긴 수만 가지의 틈.

허브가 시들어 죽는다. 그래도 상관없이 동생은 자라고
있다. 탁자는 딱딱한 성질이 있으며 그건 죽은 동물의 시체
에서나 만져볼 수 있다.
허브든 탁자든 결국 관상용 식물이 된다.

나는 오른쪽으로 동생은 왼쪽으로. 다를 것 없는 심정으로.

자꾸만 벽돌이 쌓인다.

들은 적 없는 울음소리가 낯익어지면 가족이 된다.
날마다 골목이 늘어 많아지는 서랍 하나둘, 하나둘.

허브를 씹으며 현관을 나서는 동생과 나. 돌아오지 못할
것이다.

혼혈

숨을 곳이 있냐고 물었다.
그는
아파 보였지만
상처 하나 없었다.
다칠 거란 예감만을 안고 있었다.

침묵이 길어지고 있었다.

어디에도
신발이나 옷가지 틈이나 시침의 간격
창문 안쪽이나 창문 바깥
사방을 에워싼 벽
그를 위한 공간은 준비되어 있지 않았다.

평화가 지속되고 있었다.

멀어지는 뒷모습을 보았다.
문을 닫았다.
잠시 후

끊어질 듯 끊어지지 않는 노크

누군가가 내 이름을 불렀다.

나는
벗어날 수 없는 누명을 썼다는 걸 알았다.

거짓말을 연습하는 동안
해가 지고 있었다.
거울에 비친 내 모습 뒤로
그림자가 두 개로 갈라지고 있었다.

이토록 유약하고 아름다운 거짓

가깝고 옅은 물결과 멀고 짙은 파도가 마주한 자리에서 불투명한 거품이 난다. 그 거품에 잡아먹히는 새가 있다. 연신 깨끗해지는 유리병이 거기에 있다.

알고 싶지 않은 마음이 기어이 방파제를 넘어서 온다. 발끝이 젖는다. 섬에 있으면 섬이 보이지 않는다.

그렇게 멀어지지 말아요

당신에게 들리도록 혼잣말을 한다. 물결에는 영원이 있다. 그 물결에 익사하는 어류가 있다. 젖은 발이 마르기엔 이른 시간이다. 그런 우울은 증상이 아니라 일상이어서 많은 결심이 자정을 넘기지 못한다.

유리병이 깨진다면 대부분 아래로 가라앉을 것 조각의 일부는 해안으로 밀려올 것 그 때문에 아무도 다치지 않는다면 빛에 반짝인다면 보기만 해서는

다만 아름다운 해변이라면

겨울에 더 많은 관광객이 찾을지도 모른다. 슬픔의 성분 중 하나는 상실이지만 상실에 앞서 슬픔은 찾아온다. 물의 색이 변한다. 잘못되기도 전에 스스로 망가지는 성을 본다.

평화로운 한때가 지나간다.   —

—

4부

그러나 가끔 선연한

Amnesia

한 대의 차가 터널에 진입한다 차 안에는 우연히 사랑한
두 사람이 있다 누군가의 윗니처럼 박혀 있는 주황 불빛들

입속에 어려운 말을 담고 그녀가 잠든다 긴 어둠 끝에 기
나긴 어둠이 찾아오는 꿈을 꾼다 운전석의 그는 잠들지 않
는다 비현실적인 밤과 현실적인 망상 사이를 건너갈 뿐이
다 두 사람은
가까스로 비슷한 감정을 소화하고 있다

헤드라이트에 잠깐 이정표가 비친다 프라하는 멀지 않다
밀라노는 더 가깝다 그는 잠시 쉬었다 가고 싶은 충동에 휩
싸인다 그럴 수는 없다는 것을 그는 알고 있다 잠에서 깬 그
녀가 보이지 않는 시베리안허스키를 만지고 있다 모든 터
널에는
끝이 있다 하지만
끝나지 않을 것 같은 터널도 있다 그 속을 자연히 사랑하
지 않는 두 사람이 지나간다

파도 소리가 난다 토마토 냄새가 번진다 실바람이 흘러든
다 몇 개의 도시를 지나쳐버린 것이 틀림없다 그는 안다 그
녀는 알려고 하지 않는다 어금니마냥 단단한 주황 불빛들
어려운 말을 삼켜버린 그녀는
꿈에서 깨어 있는 것은 아니다

두 사람이 어딘가에서 떠난 지는 오래되었다 떠나려고 결심한 것은 그보다 이전 일이다 분명히 그는 그녀로부터 떠나버렸는데

무엇이 계속되는 걸까 의문이 멈추지 않는다

두 목수

요양원을 짓는 중입니다
골격을 넓히는 일보다는
곧추 뼈를 세우는 일이 어렵습니다

어디에 문을 낼지 고민하다가
머리 하나가 수태되었습니다
뜻하지 않게
나의 결심이 수차례 무너졌습니다

건물의 외양에 대해
낭만적인 분위기에 대해
그는 강조했습니다
그러나 뼈대 없이
집이 될 수 있다니요
그렇다고 속살을 안 들킬 수 있습니까
잠의 통증을 견딜 수 있겠습니까

무너지는 현상보다 무너질 위기가 걱정입니다 비가 새는
것보다 고인 물이 증발하지 않을까 걱정입니다
망치질을 반복하며, 기요틴에 대해 생각했습니다
직설적인 화법과
인체의 곡선에 대해
가능해지려는 소통과

경계로 가득한 영역에 대해

벌써 누군가들의 하룻밤이 왔다 갑니다
문도 없는 집에

파사드*만큼은 아름답게

의견이 하나 통일되었습니다
나는 못 대신 손가락을 박아넣는 것에 대해
침묵의 포르노그래피에 대해
제 몸을 식량으로 바치는 짐승에 대해 생각했습니다

나는 턱을 조립하는 목수입니다
완벽한 빈터가 축조되었습니다

불쑥 튀어올라 아사하는 하반신들

나의 대립은 끝나지 않습니다

* Facade — 건축물의 정면. 그러므로 보이고 싶은 면면. 보고 싶은
면면. 성욕만 남은 입술. 부패하고 없는 몸뚱어리. 속이 거대할 것이
라는 착각. 밤새 이를 물고 '나'를 못 박는 목수, 목수들.

진화

언덕을 오른다 그가 나를 기르고 내가 그를 키운다 양면
이 다른 나뭇잎이 떨어진다 친절한 그가

나를 내버려둔다

좋은 약을 너무 많이 먹는다 좋은 일만 반복했는데 몸은
나빠졌다니 어디 잘못일까 누구 문제일까 덜 익은 열매 하
나가 내리막으로 굴러간다 그의 수화기 너머 먼 곳에 있는
친구와 심각한 대화가 오간다

무엇을 나누든

실재하는 것보다 더 많은 사람이 죽을 수 있는 이 세계
에서

멀거나 가깝거나 같은 상처를 받는다

이제 와서 그가 내 것이 아니게 된다면 그런 와중에 내가
평생 그의 것이라면

견디기 어려운 일이라

나는 물었다 너는 묻고 그러니 동시에 벌을 받은 건 아

니다

　볼록거울에 비친 풍경에 우리는 과장되어 있다 각자의 눈
으로 보는 것보다 가까운 진실이다

　먼 곳에 사는 그의 친구는 건강하다 거기와 마찬가지로 이
곳에서만 가능한 회복이 있다

　너의 다정함이 나를 위험하게 만든다

인상

캔버스에 팔레트를 엎어버렸는데 어지러운 도시로 채색
되었는데 선생은 화내지 않는다 나의 선생은 저명한 바이
올리니스트이며

칸딘스키만을 인정하는 사람이다

이를테면 모든 예술은 악보와 같은 구조를 지녀야 한다
는 것

리얼리즘이니 하는 건 아무래도 좋다는 것이다 하지만 빨
강 파랑 대신 하양 검정으로 얼룩진 신호등이나 초록 보라
로 물든 하늘을 사상이나 이유 없이 내가 어찌 납득하겠는
가 처음으로 혼나지 않은 건 다행이나 도저히 내 작품이라
고 볼 수 없는 추상이어서

평소 화풍을 가미하는 느낌으로 전체를 조금씩이나마 손
보고 싶다 말해버렸는데

이미 이 세계는 완성되었고
네가 제멋대로 불협화음을 일으키는 선 용납할 수 없다
고 한다

그렇지만 이건 우발적인 사고라고요 실수란 말입니다 작

게나마 반항도 해보았으나 선생은 나지막이

  무슨 그림을 보여주든지 난 관심 없다 네가 여기서 아무
것도 듣지 못한다는 게 그저 안타깝구나

  말하고는 바이올린을 켠다 들어보거라 나는 구슬픈 선율
에 고개를 젓는다 들어보거라 재차 읊조리며 선생은 손가
락을 떤다 단정한 음들을 기묘하게 비튼다 분명 내가 스케
치한 것은 한평생 살아온 나의 도시이다 기이한 색들로 버
무려진 그림 속의 도시는 낯선 장소이다 내게는 친숙하고
예쁜 이곳을

  내 손으로 더럽혀버린 것 같은 기분이다 나의 도시를 비참
하게 만드는 나의 선생을 용서할 수 없다 그러나

  그동안 줄곧 추한 일면을 보지 않으려 괴성을 듣지 않으
려 아름답게만 그려왔으나 사실적인 것은 이쪽에 가깝다 작
지만 큰 실수로 인해 어느 날보다도 적확하게 묘사되었다는
걸 부정할 수가 없다 나는 두 손으로 두 귀를 막는다 선생이
여전히 연주중이다 나는 두 눈을 감는다

  그러자 코끝으로 달고 시고 차갑고 눈부시고 어두운 사회
가 흘러들어온다

비희극

심신미약의 눈이 온다
나의 유령은 바깥에 있다
겉옷에 겉옷을 아무리 껴입어도
실내의 나는 춥다
먹거나 굶주리거나
어느 쪽이든 앓을 뿐인 소화불량의 시간
망상으로 그치지 않는 사회이기에
누구나 볼 수 있는 나의 유령은
내가 머문 거리와 네가 떠난 도시
그리고 그밖의 길들을 헤쳐놓는다
눈이 오지 않는 곳에서도 나는
자주 미끄러진다
창밖에서 내가 알 것 같은 두 개의 단어를
나의 유령은 말한다
그러나 모든 입김은 유사한 외형을 지니므로
그때마다 바라는 것으로 보이게 한다
감정기복의 눈이 온다
실외에서 사람들이 나를 부른다
유령의 나는 대답한다
견딜 수 없는 추위가
우리에게서 많은 것을 앗아갔다
나는 안에 있고
너는 어떤 시절처럼 나를 본다

이제는 나의 유령이 내게만 보이지 않아
밖에서
허공을 만지고 웃고 떠드는
모든 이들이 이상하다
아무렇게나 눈이 온다
불을 켜둔 내부는 춥고 잠이 쏟아진다
그들은 나의 유령만 보고
나는
나의 유령만 빼고 다 볼 수 있다
일 년 중에 오늘이 낮이 가장 긴 날이다

거의 모든 사랑

　좋은 일이 있는 네게 꽃다발을 안겨준다 짧은 감정 이상
의 의미로 포장된다 푸르고 깊은 향 노랗고 아무는 모양 이
꽃은 먹을 수도 있다 그 말을 듣고 너는 더욱

　단 하나도 부서지지 않도록 조심스레 든다

　가만히 두어도 보고만 있어도 된다 물을 주는 것도 물에
타는 것도 괜찮다 향을 품은 꽃은 모두 생화다 향은 향일 뿐
진실도 거짓도 무용하므로

　오늘은 아름답다는 이런 고백도 가능하다

　아무 일도 없는 내가 너의 주위에 있다 초에 붙은 불을 끌
때에야 말문이 열린다 기념으로 남긴 사진 안에

　아주 뜨겁지도 정말 차갑지도 않은 것이 너의 품에 있다

　밤은 고요하다

　셀 수 있는 만큼의 행복만 감당할 수 있을 것 같아 그렇게
중얼거렸던 너라
　이따금 좋아 보인다

이름과 생태를 너는 알고 싶어한다 나는
더는 구할 수 없는 것이라 말한다 누구도 구해낼 수 없
으니

너를 보는 나는 우울하다

너무 많은 아름다움에 파묻혀 네가 보이지 않는다

체호프의 총*

스물의 나는 파리행 비행기를 탄다
케이스에 티셔츠 바지 담요 속옷 가이드북 세면도구와 도
구 환전한 지폐…… 부족하다

친구를 떠나보내고 공항 의자에 앉아 책을 읽는다
여행을 떠난 한 인물의 이야기다
그는 한 페이지마다 파리와 로마를 오간다
한 페이지마다 아침이 반복된다
파리의 교회에서 세례를 받고
로마의 성당에서 성호를 긋는다
그가 가장 좋아하는 건 일식이다
한국에서 이미
그는 자신의 취향을 알았다
놀랍게도 내가 루브르를 보고 싶으면 그가 루브르로 가고
내가 콜로세움의 관객이 되고 싶으면 그가 콜로세움 안
이다
사실상의 나는 아무데도 가지 않았다
잠시 후 걸려올 전화로
이런 내용을 담은 말들이 쏟아질 것이다
나의 역할은 기계적인 타이피스트
이 책은 아직 쓰일 수 없다
떠나간 친구가 바로
파리의 휴일과 로마의 우울을 알게 될

미래의 그이기 때문이다

먼저 날아간 케이스에 노트 볼펜 사전 녹음기 카메라 붓
예술도구와 도구 간단한 불어 단어 문장들…… 필요하다

나는 외국을 모른다
먹어본 적이 없는 기내식 사진에서 기내식의 맛을 본다
나는 한국 이외에는 모른다
지구본에 여기가 빠져 있는 감각

올 거란 케이스에 이름 흠집 고향 가족 하루 전의 시간 하
루 지난 유통기한 내가 아닌 스물…… 충분하다

파리 샤를드골국제공항에
스물의 나는 내리지 않는다

떠난 적도 없는 내가 서울행 비행기를 놓친다
거기는 밤이겠구나
그럼 엄마, 거기는 밤이 아닌가요

* 안톤 체호프. "만약 1막에서 총이 나왔다면 3막에서 다시 총이 나
와 총을 사용해야 한다. 총을 쏘지 않을 거라면 없애버려라."

그러나 가끔 선연한

순수 박물관으로 간다 순수한 너를 만나러 간다 주인은 나를 응접실로 안내한다 유리벽 너머 박물관 내부는 병적으로 아름답다 저기를 응시하면서 그러나 더 먼 곳을 바라보면서 주인이 홍차를 따른다

알고 보면 못 볼 광경이 있지요 미성숙한 소녕이 흔들린다 날붙이가 위험하다는 걸 모르는 아이들은 그저 반짝거린다는 이유로 손을 대고 마니까요 양장본은 단호하다 컵은 투명하다 너를 가까이 더 가까이 보고 싶다

알람이 울린다 주인이 잠시 자리를 비운다 아득한 외면 관람객이 사라진 박물관 내부가 요란하다 빛은 움직이지 않는다

어느 날 너에게 잘 들리지 않는 거냐고 물어보았는데 너는 대답이 없었다

순수 박물관으로 간다 순수한 너의 나를 만나러 간다 사방에 번지는 끝 모를 경보음 보이는 가치만을 믿을 것 백지로부터 비롯된 네가

그렇게 싫었다 그러나 그런 사람이 구조되었다 어쩌다 나는 따뜻한 얼음을 조각했다

한때
너무 잘 어질러진 것들이 영원히 전시되어 있다

순수한 나의 너는 원래 이름이 어울리지 않는다

결벽

올바른 자리에
올바른 물건이
올바르지 않게 놓여 있네요

달걀과 계란의 위치가 바뀌었어요
액자가 왼쪽으로 기울었어요
접시에 하얀 얼룩이 묻었어요

그건
눈으로만 보세요

악의가 있는 건지
생각이 없는 건지

여기를
더이상 더럽히지 말아요

씻지도 않은 손으로 벽을 짚은 건가요
왜 나를 이렇게 괴롭히는 건가요
좋아요 쿠키를 갖다 드리죠 대신

건드리지 말아요
입도 열지 말아요

엎질러버린, 내뱉은 말을 지울 수 있다면

그럼 이제 우리 아무 사이도 아닌 거죠

뭐하는 거죠 울지 말아요
다가오지 말아요
어지러워요 정말 메스꺼워요

제발 잠시만
가만 있어줄 수는 없나요

숨도
쉬지 말아요

여기를 다시
찾아오지 마세요

찾아오려고 하지도 마세요

있기 전으로
더럽혀지기 전으로
나를 되돌려줘요

너의 작은 캐리어

캐리어에는 이미 많은 것이 있지만 너는 불안하다 그곳은
겨울일지도 몰라 너는 두꺼운 외투를 눌러 담는다 어쩌면
비가 내릴 수도 있어 너는 접이식 우산을 추가한다 우리 이
제 출발해야 돼 너의 친구가 외친다 거의 다 챙겼어 너는 대
답한다 필요한 건 그곳에서 사면 되잖아 너의 애인이 푸념
한다 건너편의 창문 하나가 어두워진다 이대로 출발할 수는
없어 분명히 후회할 거야 너는 생각한다 웬만한 생필품은
내 가방에 있어 물감과 지도와 사탕도 있으니 적당히 넣어
너의 또다른 친구가 말한다 그렇지만 네 가방은 너무 작은
걸 너는 혼잣말을 한다 너는 빈칸을 캐리어에 포함한다 아
래층에서 밥 짓는 냄새가 올라온다 이러다 늦지 않겠니 너
의 부모가 재촉한다 이곳을 떠나기로 마음먹었는데 왜 그곳
에 가려면 이곳의 물건들이 필요한 걸까 너는 울적해진다
더이상 지체할 수 없어 먼저 내려가 있을 테니 준비되면 와
너의 애인이 사라진다 우리가 가려는 그곳이 사진에서 본
것처럼 정말 아름다울까 너는 자문한다 딱 이 정도 밝기의
스탠드가 없다면 불면증에 시달릴지도 몰라 너는 스탠드를
놓을 탁상까지 함께 챙겨 넣는다 뭐가 더 있어야 만족할 수
있는 건데 너의 친구가 소리친다 원체 식탐이 강한 아이였
단다 너의 부모가 체념한다 다 됐어 진짜로 가자 충분한 것
같아 나갔다가 한 번은 다시 돌아올지도 모르지만 너는 말
끝을 흐린다 이제 없는 것이 거의 없는 캐리어가 움직이지
않는다 말을 듣지 않는다 너는 캐리어의 부피와 방의 무게

가 동일하다는 것을 깨닫는다 방안에는 아무도 들지 못하는
캐리어와 캐리어가 없으면 네가 아닌 네가 있다 너의 친구
들은 집밖에 있고 너의 애인은 떠나고 없고 너의 부모는 거
실에 있다 저 멀리서 기적이 울린다 이곳은 네가 이전에 원
했던 그곳이라는 걸 지금 너는 모르고 있다

언젠가 되기를 바라는 건 당신 같은 사람

당신을 흠모한 적이 있다. 다국적자의 감정은 섞인 물감 같은 것. 한때 내가 생각한 당신은 빨강보다 적색에 가까운 사람.

우리의 모임은 항상 희망적이었다. 화제의 중심에는 늘 당신이 있었다.

시나브로 화면 속의 태풍은 감긴 태엽처럼 춤추는 인형처럼

당신이 가져온 지도를 보며 우리는 각자 가고 싶은 나라를 떠올렸다. 내가 고른 나라는 이미 내가 사는 곳이었다. 커다란 벌레가 유리에 막혀 유리 위를 기어다녔다.

줄곧 눈이 맞는 액자 속의 모나리자

주제도 없이 회의도 없이 원탁이 유지되었다. 문을 열고 닫는 소리가 마이너로 변주되었다. 모임에 빠지지 않는 당신이, 모든 결정권을 지닌 당신이 너무 눈에 띈다고 생각했다.

누군가 당신을 마을에서 가장 높이 추켜세웠고 누군가 살기 위해 당신을 팔았고 누군가 실수로 당신을 죽였다. 당신

이 죽지 않은 언어로 말하자

　모임의 저편에서 기계적으로 대답하는 목소리가 희미하
게 퍼지고

　우리는 모두 진심으로 당신을 애도했다. 누구에게도 악의
는 없었다. 우리는 슬픈 분위기에 젖어 있었고 나는 조금씩
슬픔에 가까워지고 있었다.

　당신의 장례식장에서 우리는 서로의 이름과 생활을 공유
했다.

　물과 뭍 양쪽에서 호흡하는 생물이 지도에서 발견되었다.
　익숙한 지명을 발음하다가

　생전에 당신이 물던 파이프를 보고 처음, 견딜 수 없는 죄
책감에 울었다.

목격자들

   탁하고 번뜩이는 눈빛 야생의 너와 나, 다져진 나와 너는
살아서는 친해질 수 없을 테지만

   물체와 나, 이렇게 만났으니 더듬더듬 만져봐도 괜찮지

   뺨을 너와 맞대던 줄무늬 고양이는
수풀로 사라져서 보이지 않아 보이지 않지만
목소리가 들려
수풀 — 너머 아파트의 외벽, 그늘, 창문 그러니까 그 즈
음의 영역이 줄무늬 고양이가 되어

   울고 있어
나와 같은 곳을
행인들과 주민들이 보고 있어 다만
내가 본 것과 다른 고양이를 보고 있거나
줄무늬만을 기억하거나
아니면
또다른⋯⋯

   물체가 된 너는 도로 위를
구르고 구르지

   인간적인 눈이 많은 번화가의 밤이라

생물이던 너, 사물로 남은 너는
프레임 속에서 요리되는 중이야

맹목적인 눈도 의심 섞인 눈도 아닌 인간적인 눈

표지판과 빵 냄새와 영어학원과 알코올이 뒤섞인
그림자가 따로 걷고 있어
기묘하게도 너를 꼭 닮아
마치 사람인 것도 사람이 아닌 것도 같은데

어딘가에 전화를 걸었어
누군가 받았어
하고 싶은 말이 있었지만

무언가
통째로
삼켜버렸어

Alcoholic

바텐더는 거리의 추문들을 흘려들으며 위스키에 얼음을
띄운다 그것을 나는 단숨에 삼킨다 배신한 것은 그인데 그
들은 왜 나를 경멸하는 걸까

쓰레기 더미에 파묻힌 들고양이를 보는 마음이라면

바 위에 쓰고 달콤한 것이 있다 이건 꼭 뼈 있는 농담 같
군요 바텐더가 기계적인 미소를 짓는다 조명이 깜빡이지 않
는다 얼른 마시지 않으면 농담이 날아갈 겁니다 그를 털어
낼수록

블루의 맛에 점점 빠져들게 된다

위로받지 못해도 충분한 새벽 바텐더는 서서히 옐로로 변
해가는 블루를 별 뜻 없이 바라본다 외롭다고 느끼지 않으
려 애쓰면 더 외로워진다 언제까지 마셔야

어제가 될까 그들은 나를 방치할 것이다 들고양이의

울음소리가 사람보다 사람다운 밤

그들은 나로부터 방치될 것이다 바 아래로 떨어진 얼음과
유리가 동시에 깨진다 그건 쓴웃음으로 보이는군요 가벼운

악담들 속 긴 밤의 무늬 스카치, 블루

5부

가깝다 여기는 만큼 가닿을 수 없는 당신에게

검은 집

자식 없는 부부가 살았다는 소문이 있다

이별한 날엔 검은 집으로 간다
쓰레기봉투 하나 없이
쓰레기가 널려 있는 외곽을 돌며
검은 창문을 보며
살아갈 의미도 없이
살아 있는 너를 만난다

무엇과도 이별할 수 있다
사물로 보이는 순간

검은 집은 눈에 띄게 검은 집이다
검은 집의 내부를 봤다는 사람은 없다

갑자기 죽은 소녀가 나타난다는 소문이 있다

잊혀진 날엔 검은 집으로 간다
—태어나 한 번도 배운 적이 없는 거짓말을 혼자 배우고
혼자 만들어 반복하다가 죄책감이 점점 옅어지는 상태로

누구라도 잊혀질 수 있다
사물로 남는 순간

근처에서 너를 닮은 그림자를 보았다
차마 닮지 않았다고 말할 수 없는
이목구비를 보다가
너에게 한 나쁜 짓이 생각났다

날이 되는 날엔 검은 집으로 간다

따라오다 맨입으로 돌아간 도둑고양이에게 죄악감이 짙
어진다

검은 집에 하나둘 낙서가 늘어간다
책들이 열린다
창문이 쌓여간다
어떤 그림자들이 겹치고 겹쳐진다
완성되어 있던 검은 집이
완성되지 않는 방식으로 만들어진다
익숙한 실내가 되어간다

그러니까 좋은 사람

새벽 다섯 시 수십 페이지를 대충 넘기는 것처럼 하늘은 검정에서 연보라가 되어간다. 너의 눈빛은 유순한 혐오와 지난한 감동으로 얼룩져 있다. 헤어진 우리가 무슨 면목으로 다음날을 기다리는 걸까.

너는 참 좋은 사람이야

플라타너스 아래서 버드나무 옆에서 기울어가는 새벽 다섯 시 오 분. 연보라는 파랑을 지나 붉은 파랑으로 물들고 있다.

앞으로 쭉 건강하면 좋겠어 / 최소한 아프지 않았으면 좋겠어

다음날이 오면 아픈 그대로 늙어가겠지. 오늘의 에피소드는 밤의 한 페이지에 적히겠지만 다시 펼쳐볼 수는 없겠지.

새벽 여섯 시 많은 버스가 지나간다. 추워서 몸을 떠는 네게 따뜻한 말은 해주지 않는다. 이런 계절에도 매미가 운다. 그런 사정을 누구도 알아주지 않는다. 문득 너는 내가 괜찮은 사람이라 좋다고 한다.

네가 그런 말을 할수록 나는 네가 싫어

벤치 위에서의 침묵은 해롭다, 고 마음에 적는다. 작고 큰 벌레들이 피부에 앉았다 달아난다.

마주보지 않는 새벽 오늘날의 명백한 아침을 인정하지 않는다. 같은 버스가 연달아 온다. 나는 네 못난 꼴을 보고 싶었을 뿐이야 아마도 내가 말한다.

그러니까 너는 좋은 사람이란 거야

어쩌면 네가 대답한다. 괜찮을 리 없는 나의 그늘이 괜찮다고 믿어 완치가 불가능한 너의 그림자를 뜯어먹고 있다. 사이프러스 뒤에서 너는 겨울을 나는 그전 해의 겨울을 지나고 있다.

설치

망가져버린 화분이 있고
간격을 두고
무너져내리는 문법이 있다

햇빛이 너무 많거나 물이 너무 적거나 한쪽으로 쏠린 애
정 때문

흩어진
화분 속의 그것은
본명과 별명을
혼용하고 있다

잘 키운 그것을 내놓고 싶었지만

다시 만든 화분은
사물이 아니다 화분의
감정에 물드는
그것은
어떤 이름에 어울리는 외형이 될까

기대와 공포가 어우러져서

방문을 잠근 뒤

먹고 자기만 한다

이 시절을
한 문장 안에 담아놓을 수 있을 때까지

공중정원

한낮의 정원에서 아픈 꿈을 꿨다 막연하니까 더 분명한 마음이 있었다 한밤의 초목 완연한 구조물 앞에서도 통증이 지속되었다

꿈속에는 둘만 있었고
모르는 너를 아는 이름으로 불러주고 싶었지만 혀끝이 굳어버렸고 흙냄새가 지독하게

너무나 독하게 감돌았다

실재하는 정경이 꿈의 정원을 닮아간다는 게 아름답지만은 않았다 한낱 코끝에 맺혀 있는 네가

어떻게 미워질 수 있는지 신비로웠다

마지막을 짐작하지 못해서 꿈은 다만 끝을 향해 가고만 있었다

물린 데가 없는데도
말할 수 없는 어느 부위가
참을 수 없이 가려웠다

아무도 나를 기다리지 않고 아무것도 끝난 건 없어서

아픈 곳이 늘어난 후에야 비로소 천국을 그리워했다

예술이 있는 정원을 벗어나고도 나의 서사는 정원의 일부
였고 하나의 그늘은 나만의 것이 아니었으니까

그만두는 일은 죽는 일이었다

불행한 냄새를 그렇게 계속 맡고 있었다

도중에 네가 나를
부르는 소리가 들렸다

막막한 사실이었다

이제 그만 눈을 뜨라는 건 살면서 들어본 가장 잔인하고
슬픈 말이었다

간밤

막차가 떠난 정류장에 앉아 있었습니다 사이렌이 울리는 밤이었습니다 멈추지도 서두르지도 말라는 듯 노란불이 반복적으로 깜빡였습니다 검은 차와 검게 보이는 차가 연달아 지나갔습니다 불이 꺼진 뒤에도 간판에 적힌 글씨를 실감할 수는 있었습니다 갈 곳은 있어도 돌아갈 곳이 없었습니다 왼편에서 바람이 앓는 소리를 냈습니다 눈을 감아도 눈을 떠도 보이는 것은 같았습니다 망연했습니다 손에 잡힐 듯해도 닿지는 않을지 몰라 가능한 오래 미뤄두고 싶은 고백이 있습니다

연

베를린으로 향하는 비행기 안에 그와 네가 나란히 앉는
다. 휴일은 여기까지다. 너는 24일과 기념일 사이에서 갈등
한다. 밝은 도시든 어두운 거리든 사람이 많아. 이곳에서의
마지막 밤을 최소한으로 간직한다. 지연되는 항공. 얼마간
이동하지 않는다. 잠들기 좋은 책 한 권이 그의 무릎에 올
려져 있다. 모국에서 더 낯선 모국어가 있겠지. 그러므로 모
든 곳은 외국이다. 너로부터 안전한 곳을 찾아 헤매는 일.
둘은 하나의 창문에 입혀진다. 당분간 같은 장면을 공유하
지만 지금껏 너의 무수한 밤은 항상 그의 낮. 별안간 여행
의 끝에서 못 볼 것들을 너무 많이 보고 말았다고 생각한다.
긴 여정이야. 킬라니는 미국에도 있고 네가 태어난 나라에
도 있다. 옆자리의 그가 먼 곳의 연인에게 경험을 말하고 있
다. 가깝다 여기는 만큼 가닿을 수 없는 당신에게. 믿을 수
있는 관계라고 믿기 위해. 다가오는 결말을 미루고 작년의
가을을 경유한다.

미의 미학

궁에 들어서자

왼편에서 비 냄새가 난다. 계절과 무관하게 자라다 만 연두 열매가 기형적으로 조화로운 돌계단 위를 구르고 있다. 철학적으로 정원사는 상하지는 않았으나 조경을 해치는 가지를 약하고 무른 것보다 먼저 잘라낸다. 석판에 낙서된 기호와 도형은 원본과 이어지는 모양새로 어울린다. 한 마디 모자란 그늘에는 품이 넓은 이의 그림자를 덧댄다. 내게로부터

연작하는 나의 불화로부터
밀실에서의 기록과 여백의 미를 아우를 수 있다
뒤를 돌면 왼편에서 오래된 책 냄새가 난다

조감도를 읽지 않아도 관능의 결에 맞춰 만연체로 쓰인 지붕이 보인다. 한 장으로는 불가능하나 한 장면으로는 정교한 것. 연풍이 불자 깃을 여미듯 쪽문이 닫힌다. 여럿의 돌이 추모와 별개의 느낌으로 더러 있다. 죽은 괭이를 서성이는 다른 괭이를 몰아내고 관리인이 흰 봉투에 사체를 담는다. 죽은 괭이가 있던 자리에 벌레가 꼬인다. 색색의 낙엽이 흐트러진다. 없는 괭이가 운다. 자연스러운 일이란 그런 것. 나는 나의 발화를 지나

빛이 새는 문틈으로부터

안전하고 가벼운 입술을 본다
보고 싶지 않은 것을 보는 눈으로는
원화에 없는 하나하나를 그리다 까맣게 된 백지를 마주
하게 된다

관람은 끝나지 않는다. 궁의 안쪽을 다 돌고, 처음 그 자
리로 돌아오면 다시 첫인상이 되는 것. 뜻대로 자라지 않
는 나무에
정원사가 손을 대고, 지붕의 무게를 이기지 못해 기울어
진 기둥을 바로잡기 위해
여기서는 여기의 관점에 맞고 저기서는 저기의 방식대로
맞으므로
보수공사가 계속 이어지고 만지지 마시오, 경고문이 붙
은 유리판 속 고서에는 아무도 손댈 수 없어 자연히 내려앉
은 먼지가
아무도 읽지 못할 글자를 만들고, 당대에조차 미문이 아
님에도
이 문장을 쓰기까지, 학자는 해석한다

이처럼 수많은 하나를 보고 있으면
화가 대신 풍경이 인물을 세공한다
하나의 인물에게는 두 개의 그늘이 잔가지로 뻗어나오니
하나의 깊은 그늘에 다만 잠식되도록

—　정확하고 불명한 언어를 위하여
　나는 밀실에서야 쓴다, 있는 그대로 볼 수는 없다
　있는 그대로 보고 있다는 믿음이 있을 뿐이다

　한낮에 잠들어 그날밤에도 깨지 않고 잠든 채라면 그건 밤
잠일까 긴 낮잠의 유예일까

　백목련은 혀끝에 머무는 한철을 연주한다
　나로부터 겨울까지
　돌이 간격을 두고 놓여 있으니 돌계단은 이어져 있는 것
이다
　인간의 손을 타기 전
　우연히라도 아주 같은 모양이 되지 않는
　돌 하나 하나의 돌

　11월에 가장 선한 첨탑을 2월에 본다. 볕이 장식을 무너
뜨린다. 소음이 그 옆에 누각을 짓는다. 여행자들이 그 위를
걷는다. 감각의 시간을 에둘러 돌담이 늘어선다

　야외에서 켜진 등이 깜빡거린다 빛 속에서 내내 꺼진 것
으로 여겨지는 빛

　아울러 망연할 수 있으니 마음과 건축은 이음동의어다
—

그때 그 모습으로
남아 있기를

발길을 돌린다
나의 도시가 정문에 음각으로 새겨져 있다

와전

　당신 무슨 이유로 그런 표정을 짓고 있는 건데 미열이 그
렇게 위험하다면 뜨거운 손으로 건드리지 말았어야지 꼭 죽
기를 바라는 것처럼

　당신 내가 괜찮다는데 누구의 동의를 구하는 거야 가라앉
은 말투와 더러운 손수건은 또 뭐고 어디서 본 적도 없는 놈
들을 데려와 비극을 흉내내고 있냔 말이야 극진한 대접이라
니 이제 와서 고작 한다는 게 인간 이상의 취급이라니

　커튼을 닫아놓고 왜 슬픔을 연출하는 건데 검은 정장을
너네끼리 입고 내게 밝은 색을 입히려 들지 마 내 직업이야
말로 검정이고 너넨 가짜에 불과하잖아 그게 무슨 소리야
당신 우울만을 삼키는 편식이 원인이었다니 오히려 그 말
이 내 과거를 극단적으로 만들고 있잖아 그따위 못된 대화
로 공감대가 형성되니까 피곤한 것뿐인데도 눈을 감을 수
가 없잖아

　맞아 당신 당신의 생각보다 나는 오래 살겠지 적어도 내
가 더 나쁜 마음을 먹기 전까진

　그런 식으로 동정하지 마 내게 가장 유해한 것은 엄숙한
고백과 하얀 천장 그리고 이별할 준비가 된 당신이야 마냥
낯설지만은 않게 된 놈들이 내게 친근감을 표시하는 건 더

이상 이런 광경을 볼 일이 없을 거란 기대 때문인가 마지막
모습만은 담고 싶다는 건가 당신에게는 어느 쪽도 상관없겠
지 이런 회화를 그리는 게 목적이었을 테니까

　당신을 외로움에 둘 수 있다면 무슨 짓이든 하고 싶지만
그것조차 당신에게는 특별함일 거야 곧 무너질 나를 상상하
며 기침을 해볼까 그러면 일인실에 홀로 남겨질 수도 있겠
지 이방인이 된다는 건 그런 뜻이니까 눈을 감고 기도해줄
게 당신이 바라는 로맨스가 되기를

자각몽

양의 이미지는 온순하지
막상
양을 그려놓고 보면
온순하지 않지
그것은 구름
그것은 연기

그녀로부터 달아나고 멀어지다가
빨간 기와가 붉은 벽돌이었단 사실과
울타리 너머도 울타리란 걸 알았을 때
그때 나는
새하얘졌어

이해하기 전에 뭉게구름
뒤로 뭉게구름이 지나가
변명하기 전에 담배 끝에서
연기가 이어지고
연기로 이어지고
끝나버린 연애가 계속되고 있어

주파수를 돌려

오래된 노래를 틀어놓고

그녀를 알기 전의 내가 되어서
백 마리 이백 마리
양을 세
눈꺼풀을 내렸다 들어올렸다
반복하다가
환상이었던 이야기는
현실이 되었던가

진짜 양을 보지 못했으니까
진짜 양은
가짜 늑대에게
잡아먹혔으니까

— 홀

— 　일 분이 지나고 정적은 계속된다 반쯤 열린 입술 그렇게
더는 이야기하지 못한다

　너는 사람의 손보다 작은 동물을 편애한다

　무해한 겨울이 오고 우리는 눈의 취향을 공유하지 않는
다 십 분 전에는 서로의 기분을 상하게 하는 주제가 있었다

　생각처럼 되지 않는 일이 생각보다 많아서

　저녁이 흐르고 하루는 엎질러진다 반만 열린 입술 담아두
는 관능 조금은 우리를 닫아두기로 한다

　너를 만나기 전까지는 따뜻한 사람을 동경했다

　설원은 서사적이다 몰라야 좋은 눈이 내린다

　슬픔의 한 장르에는 배경이 없고 내가 아니어도 너는 겨
울을 모른다

을의 독백

욕조는 비어 있음으로 유지된다 그건 나의 관점이지만

바랜 냄새가 방금 튼 온수에 섞인다 수증기를 덮고 볼일을 본다

욕조는 멈춰 있음으로 가득하다 일분일초가 모자라다 물은 물줄기로 이어진다 몸을 둘 곳에는 중간이 없다

은밀히 젖어버린 수건의 감정에 잠긴다 흐느끼는 날이 지난 후에도 축축한 욕실 나에게는 거품 같은 애정결핍이 있다

수위 조절은 신의 뜻이다 한겨울에도 차가운 물에 대한 갈증이 난다 빈집을 두드리면 집이 된다

나는 나로부터 제삼자가 되는 일을 실패한다

온 힘을 다해 잠가두어도 물이 떨어진다 비가 없이 빗소리를 듣는 매일 처음부터 남이 아닌 것처럼

낯선 몸을 만지면 내가 뜨거워진다

영

영이 가늘게 내 팔목을 두드린다 실감나지 않는다 영은 한 장의 사진을 내민다

그림 같은 사진이라는 생각이 든다
그것을 쥔 영의 손까지도 그림 같고

거리에 빨간불이 켜져 있다 사진 속의 장소를 알 것 같은 느낌이다 언제 일을 끄집어내야 사진의 한때를 복원할 수 있을까 영은 지난날 떠난 집의 주소 같다 영이 내게

가깝지 않던 시절에도 영은 나와 있어주었다 이웃의 정 비슷한 것을 나눠주었다 이어진 가로수길을 발맞춰 걷는다 영은

나만큼 작다 영은 나보다 착한 척한다 영은 나와 철자가 같고 발음이 다른 이름이다 나의 극야(極夜)다 영은

그림 같다는 생각이 든다
그림은 아니고

백 미터 이후에도 버즘나무가 서 있다 영이 이제 저녁이라고 말한다 이제야

저녁이라고
지금까지의 저녁은 저녁이 아니었다는 것처럼

맨얼굴을 든다 영이 영으로 보이지 않는다 옆에서 지나가
는 대화가 있다 영이 잘 보이지 않는다
흑과 백이 마음과 맘으로 엇부딪치고

바라는 모든 장면에 영이 나타난다

그리고 나는 가로수길을 빠져나가기 위해 걷는다 이백 미
터 이후에도 버즘나무가 서 있다 영과의 인연이 여기까지
라면

애틋하겠지 그러나 길은 끝나지 못한다 발은 멈추지 않는
다 먼 현재에 영은 나와 함께 있다

다시 만날 세계

강동호(문학평론가)

선유도에서 만나자 선유도에는
오만 색으로 어지러운 화원이 있으니까
─「선유도」중에서

1

　시 쓰기를 희망하는 청년들에게 중요한 시적 지침서 중 하
나로 읽혀온 라이너 마리아 릴케의 『젊은 시인에게 보내는
편지』(김재혁 옮김, 고려대학교출판부, 2006)에는 시인 지
망생 프란츠 크사버 카푸스를 위한 선배 시인의 섬세한 조
언들이 담겨 있다. 잘 알려져 있다시피, 릴케의 편지들은 한
젊은이가 시인으로 성장하는 과정에서 통과의례처럼 겪어
야 할 고독에 관한 각별한 강조에 많은 부분을 할애하고 있
다. 세상으로부터의 자발적 소외를 선택하고, 스스로가 겪
고 있는 내적 고통을 응시하려는 의지야말로 시인이 갖추어
야 할 필수적인 자질이라고 그는 힘주어 말한다. "꼭 필요
한 것은 다만 이것, 고독, 즉 위대한 내면의 고독뿐입니다.
자신의 내면으로 걸어 들어가 몇 시간이고 아무도 만나지
않는 것, 바로 이러한 상태에 이를 수 있도록 노력해야 합
니다."(「여섯번째 편지」) 시인이 그 누구도 침범할 수 없는
고독한 내면 속으로 자주 침잠하는 것은, 세상과 격리될 때
비로소 도달할 수 있는 순수한 실존적 자아가 존재하기 때
문이다. 오해와 왜곡에 가려진 자아의 고유성을 다시 회복
하기 위해서라면, 시인은 타인의 배제와 세계로부터의 분리

를 전제로 성립되는 고독을 기꺼이 감내할 수 있어야 한다.

그런데 우리가 좀더 눈여겨보아야 할 것은 고독에 대한 릴케의 찬가가 단순히 시적 자아의 순수성과 고유성을 부각하는 데에서 멈추지 않는다는 사실이다. 스스로의 내면을 철저하게 검토하는 젊은이라면 내부에 공존하고 있는 어떤 이질적인 욕구들을 외면할 수 없기 때문이다. 그래서 그는 다음 편지에서 이렇게 덧붙여 쓴다. "당신은 당신의 고독을 깨고 바깥으로 나가고 싶은 소망이 당신의 가슴속에 존재한다는 사실로 인해 당혹해하지 말기 바랍니다. 바로 이와 같은 소망이―당신이 이 소망을 조용하고도 신중하게 그리고 마치 하나의 도구처럼 사용한다면―당신의 고독을 드넓은 땅 위로 펼치는 일을 도와줄 것입니다."(「일곱번째 편지」) 릴케는 고독 바깥을 향하려는 자아의 또다른 요구가 수반될 수 있음을 분명하게 적시하고, 심지어 "고독을 드넓은 땅 위로 펼치는 일"이야말로 시인이 수행해야 할 "최후의 과제이며 궁극적인 시험이자 시련"(「일곱번째 편지」)이라고 단언한다. 자아를 고독 바깥으로 나아가게 하는 욕구가 자신의 고독을 좀더 가치 있는 것으로 거듭날 수 있게 하는 근거로 작용할 수 있다면, 시인에게 고독을 탐구하는 일과 세계와의 새로운 만남을 소망하는 일은 별개의 작업일 수 없을 것이다. 그러므로 관건은 주체의 고독과 타자의 고독을 매개하는 것, 다시 말해 주체와 타자 사이의 거리를 부정하지 않고 그것을 보존할 수 있는 특별한 만남의 원리와 방법을 모색하는 일이다.

　새삼스럽게 릴케의 편지를 언급한 것은 구현우의 첫 시집 『나의 9월은 너의 3월』을 릴케의 편지에 대한 한 젊은 시인의 매력적인 답장처럼 읽을 수 있기 때문이다. 전반적으로 건조한 리듬과 관조적인 시선이 돋보이는 구현우의 시집에서 우리가 우선적으로 주목하게 되는 것은 세상과 분리되어 있는 시인의 고독한 자의식과 독백적 어조의 말들이다. 비교적 온건하고 절제된 리듬으로 표현되고는 있지만, 시집 전반을 가로지르는 주된 정서가 '너' 또는 세상과의 간격이 야기하는 "견디기 어려운 소외감"(「적」)과 관련 있다는 것을 우리는 어렵지 않게 눈치챌 수 있다.

　새벽 네 시에 맞춰 슬픔을 조율하다가 너를 발설한다 지난날의 너와 오늘날의 내가 어긋난다 서울의 우울, 우울은 서울

　남부지방에는 비가 온다는데 이곳에는 눈이 내린다

　어제는 너에 대한 미움으로 잠을 설쳤고
오늘은
누구에게든
미워하는 마음을 먹지 않으려다
밤을 샌다

오후 네 시에도 새벽 네 시의 감정이 이어진다 고전에는
시차가 없다고 내가 그랬던가 매혹적인 서사는 모두 과거
형에 불과하다고 네가 말했던가

　　(……)

　　내가 아는 서울에 네가 산다
　　네가 모르는 서울에 내가 산다

　　모퉁이를 돌아 골목에 닿아

　　어디에서든 다시 마주치게 될까

　　기다리거나 지나칠 뿐 새벽 네 시는 오지 않는다
　　　　　　　　　　　　　　　　　　　　—「새벽 네 시」 부분

　　새벽 네 시에 화자는 문득 지금 내 옆에 없는 '너'를 회상
하지만, 그 회상의 언어들은 "지난날의 너와 오늘날의 내가
어긋난다"는 사실만을 거듭 확인시켜줄 뿐이다. 너와 내가
어긋날 수밖에 없는 이유는 단순히 거주하는 장소가 다르
고, 마주하고 있는 풍경과 날씨가 달라서도 아니다. "고전
에는 시차가 없다"고 주장했던 나와 "매혹적인 서사는 모두

과거형에 불과하다고" 말했던 너 사이에서 발생하고 있는 간극은, 과거("지난날")와 현재("오늘날")라는 극복할 수 없는 시차(時差)와 결부되어 있다. 나는 현재에 있고 너는 과거에 속해 있으므로, 두 주체 사이의 실질적 만남이 결렬되는 것은 어쩌면 예정된 수순인지도 모른다. 눈여겨보아야 할 것은 이러한 시차로 인해 비롯되는 간극이 너와의 관계에만 국한되지 않는다는 사실이다. 너와 나의 어긋남은 위시의 화자가 자기와의 관계에서도 분열을 체험하게 만드는 근본 원인이다. "어제는 너에 대한 미움으로 잠을 설쳤고" 오늘은 "미워하는 마음을 먹지 않으려다" 밤을 새우게 된 화자는 서로 다른 마음 사이의 간극으로 인해 이중으로 분할된 주체에 다름 아니다. 이때, 오늘의 나와 어제의 나 사이의 시차(時差)를 심화시키는 것은 두 주체(과거와 현재의 나) 사이에서 부각되는 시차(視差)이다. 비록 주체는 그 모든 시차적 간극들이 극복될 수 있는 다른 미래가 도래하길 소망하지만, 다른 한편으로는 그러한 바람이 끝내 이루어지지 않으리라는 것("기다리거나 지나칠 뿐 새벽 네 시는 오지 않는다")을 모르지 않는다. '너'로 인해 거듭 환기되는 시차는 주체가 감당해야 할 근본적이고도 결정적인 사태를 가리키고 있다.

나는 안에 있고
너는 어떤 시절처럼 나를 본다

—「비희극」부분

이처럼 구현우의 시집에 등장하는 화자는 모종의 근본적인 차이를 체감하고, 원활한 만남이 이루어지지 않는 언어적 현실("어느 날 너에게 잘 들리지 않는 거냐고 물어보았는데 너는 대답이 없었다", 「그러나 가끔 선연한」)을 고독하게 대면하는 주체에 가깝다. 구현우의 시집에서 포착되는 이러한 형태의 불가능성은 단순히 일시적인 사건에 불과한 것이 아니다. 분리와 단절에서 비롯되는 화자의 소외감은 '너'와의 관계에만 한정되지 않고, 세계 전체와 맺는 관계에도 동일하게 적용될 수 있을 만큼 전면적이기 때문이다. 이를테면, "나는 지금 세계의 모든 문 앞에 있다"고 말하는 화자는 정작 문 안의 현실로 진입하지 못하기 때문에 도리어 "문밖은 어느 곳이나 같으므로 나는 세상 아무데나 서 있다"(「망실」)는 것을 인정해야만 하는 주체이기도 하다. 세상의 중심으로 나아가려 해도 그 "주위를 자꾸"(「망한 시대와 올바른 생활」) 배회하는 자신을 자각하게 되는 구현우의 시 세계에서 현실은 "다음은 있어도/ 미래가 없는 모양으로 아득한"(「설원」) 평원에 가깝다. 뿐인가. "무엇인가 잘못되어가고 있"(「회색」)다는 예감 안에서 시인은 "말할 수 없는 슬픔이 세상 안팎에 유기"(「노르웨이숲」)되어 있음을 목격하지만, 정작 그것을 언어로 전달하는 데 있어서도 특별한 어려움을 겪는다. "무거운 마음이 입 밖으로 나오자 가벼운 말이 되"(「감정은 여러 종류의 검정」)어 버리고, "모르는 너를 아는 이름으로 불러주고 싶었지만 혀끝이 굳어버"(「공중정원」)리는 왜곡과 굴절의 사태 속에서 시인은 "외롭다고 느끼지 않으려 애쓰면 더 외로워"(「Alcholic」)지는 나날들을 홀로 견디는 중이다. 좁힐 수 없는 세상과의 거리를 관조하는 가운데 시인이 스스로를 세상으로부터 멀어진 손재, 그래서 심화된 고독과 소외의 시공간에 사물처럼 남겨진 존재로 묘사하는 이유도 그 때문일 것이다.

2

그러나 고독과 소외의 정서가 빈번하게 발견된다고 해서 구현우가 폐쇄적인 "자기만의 방"(「망실」)에 단순히 감금되어 있다고 결론내릴 수는 없을 것이다. 자기가 처한 소외의 정황들을 찬찬히 되짚어나가면서 구현우가 스스로를 낯선 사물처럼 대하는 이유는, 자신의 고독을 좀더 넓은 대지로 확산시킬 수 있는 방법을 탐구하고 있기 때문이다. 결론을 미리 말하자면, 고독과 소외는 이 시집의 시작점이지 최종적인 귀결점이 아니다. 가령 다음 시를 읽는 것에서부터 다시 시작해보자.

누구와도 공유하지 않지만 나의 방은 한 명 이상의 외로움이 있다

앨범과 책은 저 혼자 쓰러지기도 한다 금이 간 지독한
꽃병의 무늬는 그렇게 완연하다

극적인

사건과 별개로 이불은 다른 형태로 구겨질 뿐 올바르게
펴지는 법이 없다 누군가의 침실이었던 나의 방에서 사랑
을 나누는 일은 위험하다

위로부터 잠깐 찾아온 소음이 평생 머문다

나의 방

한가운데

제각각 그림자가 한데 모여 일렁인다 무섭게 따뜻한 기
분 그건 어디엔가 있을 사람의 모양이다 만난 적도 없이
나의 방에서 나란히 함께 어두운
—「오로지 혼자 어두운」 전문

위 시를 구현우의 시적 자의식이 응축되어 있는 일종의
메타시로 간주하고 '방'을 '시'로 대체해서 읽어보면, 우리
는 『나의 9월은 너의 3월』이 지향하고 도달하려는 세계에

대한 밑그림을 그려볼 수 있을 것이다.

우선 "누구와도 공유하지 않지만 나의 방은 한 명 이상의 외로움이 있다"라는 첫 문장이 어색하게 들릴 수 있다는 점에 주의를 기울여보자. 시인은 어째서 "나의 방'에는' 한 명 이상의 외로움이 있다"라는 자연스러운 말 대신 "나의 방'은' 한 명 이상의 외로움이 있다"라는 말을 선호하는 것일까. '은'이라는 보조사로 인해 비문(非文)에 가까워지는 첫 문장을 읽으면서 우리가 조심스럽게 추측할 수 있는 것은 "나의 방"이 단순하게 화자의 절대적 내면을 표상하는 비유적 공간에 머물지 않는다는 사실이다. "누구와도 공유하지 않지만" 시인의 방은 "앨범과 책"이 "저 혼자 쓰러지"고 "위로부터 잠깐 찾아온 소음이 평생 머"무는 혼종적인 공간이다. 이때 보조사 '은'은 방의 독립적 성격을 부각시키는 동시에 방에 대한 화자의 독점적 소유권을 은밀하게 무력화시키는 역할을 수행하는 것처럼 보인다. 마치 '나의 방은 좁다'라는 문장에서 방의 성질('좁음')을 나타내는 말과 '나'가 무관해질 수 있는 것처럼. 나의 방'은' 화자 자신이 미처 알지 못하는 과거의 기억(한 명 이상의 외로움)들이 잠재해 있고, 화자의 예상과 의도 바깥에서 실행되고 있는 제각각의 사건들이 혼재된 별개의 세계이다.

이 같은 낯선 시적 공간을 받아들이기 위해서는 화자의 관점을 잠깐 괄호 치고, 방의 시점으로 사태를 다시 응시해야 한다. 방의 입장에 설 때, 나는 방의 주인이 아니라 과거부터 지금까지 방을 다녀갔던 무수히 많은 외로움들 중 하나라는 자리를 부여받을 수 있기 때문이다. 이른바 나는 방을 소유하는 주인이 아니라 방에 초대된 여러 이방인들 가운데 하나이다. '나의 방에는 ~ 있다'라는 통상적인 문장 대신 '나의 방은 ~ 있다'라는 말들의 이질적 조합을 선택함으로써, 시인은 주체의 단일한 시선으로는 보이지 않고 들리지 않는 어떤 감각들이 개시되는 시공간으로 스스로의 주변을 재구성하는 데까지 도달한다.

이처럼 구현우의 시가 지향하는 시적 세계는 "어디엔가 있을 사람"과 조우하고 "만난 적도 없"는 타자들과 함께 공존하는 느낌이 가능한 낯선 시공간이다. 한데 모여 일렁이는 그림자들에 대한 상상을 통해 "무섭게 따뜻한 기분"을 느끼는 화자는 나와 세계 사이에 형성되어 있는 거리로 인해 이중으로 분할되는 존재, 하지만 이 이중의 분할 안에서만 비로소 정립될 수 있는 대립적 시선들을 함축하고 있는 주체이다. 시집 곳곳에서 분할의 이미지가 자주 나타나는 이유도 거기에 있다.

담벼락에 낙서된 두 개의 이름이 갈라지고 있다.(「동경」)

검은 차와 검게 보이는 차가 연달아 지나갔습니다(「간밤」)

노란색에서 두 가지 향을 맡고 있어(「괘종시계가 어울리는 테이블」)

시차에 의해 생성되는 이러한 이중적 분할은 "오로지 혼자 어두운"이라는 시의 제목과 "나의 방에서 나란히 함께 어두운"이라는 마지막 구절이 양립 가능할 수 있는 계기와 원리를 제공해준다. 나의 방에서 나는 지금 혼자이면서 동시에 혼자가 아니다.

그렇다면 왜 굳이 나의 방이어야 할까? 타자와의 만남을 실천하는 일이 나의 고독을 부정하고 폐기하는 길로 이어지지 않는다는 앞서의 통찰은 여기서도 유효할 것이다. 과거와 현재 사이에서 발생하고 있는 시차(時差), 그리고 주체와 타자 사이의 근본적인 시차(視差)를 봉합하는 것은 불가능하다. 물론 시차가 유발하는 불가능성은 주체가 자기 자신과 관계를 맺는 과정에서도 동일하게 나타난다. 구현우의 낯선 방에서 이루어지는 모종의 관계가 "거의 모든 면에서 나는 너의 영향을 받았다"(「악인」)는 자의식과 "나는 나로부터 제삼자가 되는 일을 실패한다"(「을의 독백」)는 상반된 전제 위에서 형성될 수 있는 것도 같은 맥락에서 이해될 수 있다. 물론 이때의 실패는 단순한 실패가 아니다. "혼자"와 "함께"라는 두 표현이 나란히 언급될 수 있는 원리 역시 그 실패에서 모색될 수 있으며, 그 실패의 정황과 조건을 제시

할 수 있는 여력 역시 나의 고독에서 찾아질 수 있기 때문이
다. "초침 소리와 떨어지는 물방울의 리듬에 당신은 덜 외
롭다가도 더 아프다. 의식적인 헛기침으로 잠시나마 혼자
가 아니라는 기분을 맛본다."(「서글픈 오전부터 지루한 오
후까지」) 순간에 가까운 이 잠시 동안에 대한 관심은 구현
우의 시집에서 현상되는 시차적 감각들이 활성화되는 자의
식적 근원지라고 할 수 있다. 그러므로 중요한 것은 혼자이
면서 동시에 혼자가 아닌 나라는 이중적 관계를 무효화하
지 않는 것, "무너질 나를 상상하며 기침을 해볼까 그러면
일인실에 홀로 남겨질 수도 있겠지"(「와전」)라는 예감에 내
포되어 있는 대립되고 상반되는 관점들을 동시적으로 실현
하는 일이다.

이처럼 수많은 하나를 보고 있으면
화가 대신 풍경이 인물을 세공한다
하나의 인물에게는 두 개의 그늘이 잔가지로 뻗어나오
니
하나의 깊은 그늘에 다만 잠식되도록
정확하고 불명한 언어를 위하여
나는 밀실에서야 쓴다, 있는 그대로 볼 수는 없다
있는 그대로 보고 있다는 믿음이 있을 뿐이다
—「미의 미학」 부분

망가져버린 화분이 있고
간격을 두고
무너져내리는 문법이 있다

(……)

기대와 공포가 어우러져서

방문을 잠근 뒤

먹고 자기만 한다

이 시절을
한 문장 안에 담아놓을 수 있을 때까지
　　　　　　　　　　　　　　　—「설치」 부분

　구현우가 자주 '방'을 언급하고 급기야 "나는 밀실에서야
쓴다"고 선언하는 이유는 그와 같은 간극을 출현시키기 위
해서는 우선 자기 자신에 대한 응시에 충실해야 하기 때문
이다. 그가 "방문을 잠근 뒤" 지나간 과거를 반복적으로 회
상하며 과거와 현재 사이의 어긋남에 주목하고, 그 어긋남
의 시간 속에서 앞으로 맞이하게 될 새로운 시간을 예감하
는 이유도 거기에 있다. 요컨대 구현우의 시 쓰기는 어떤 시

절의 흔적과 자취를 문장으로 담을 수 있으리라는 희망 속에서 실천되는 행위에 가까운데, 시인은 스스로를 고독과 소외 속에 자주 가둠으로써 세상과의 표면적 관계로는 쉽게 포착될 수 없는 비가시적인 삶들을 언어의 수면 위로 드러내기 위해 노력한다.

자연스럽게 시차적 간극을 드러내는 일은 "정확하고 불명한 언어를" 탐색하는 일로 연결될 것이다. 이때, 시인이 지향하는 언어가 세계를 투명하게 재현할 수 있다는 믿음에 의존하지 않는다는 것은 두말할 나위가 없다. "정확하고 불명한 언어". 그것은 세계를 지시하는 언어가 정확해지면 정확해질수록 오히려 언어가 불명료해지는 현상을 감당해야 한다는 뜻을 내포한다. 정확한 언어는 불명료한 언어와 다른 것이 아니다. "있는 그대로 볼 수는 없다". 세상에 전면적이고 완전한 하나의 진실은 존재하지 않는다. 그렇다고 진실이 존재하지 않는다고 말할 수 있는 것 역시 아니다. 차라리 진실은 "수많은 하나"에 가깝다고 할 수 있는데, 다양한 맥락과 관점들이 겹쳐 있는 세계를 조명하기 위해서는 "화가 대신 풍경이 인물을 세공"하는 과정에 더욱 주목해야 한다. 그림에 비유하자면, 그것은 화가의 투명한 시선을 괄호치고 자기도 미처 알지 못한 다양한 시점들이 중첩됨으로써 구현되는 입체적 풍경들에 가깝다. "내과와 외과를 동시에 보고/ 나는 다른 곳에서의 실연을 생각했다."(「동경」) 이러한 동시적 시선 속에서 이루어지는 "간격을 두고/ 무너져내리

는 문법"을 통해 가시화될 수 있는 장소, 객관적 세계의 해
체를 통해 비로소 출현할 수 있는 다른 삶들의 시간이 바로
구현우의 방, 구현우의 시이다.

3
이처럼 "모국에서 더 낯선 모국어"를 지향하는 구현우의
시적 언어들은 소격 효과를 일으키듯 일상을 일순간 생소한
무대로 만들어버리는데, 이때 체감될 수 있는 어떤 이질적
인 세계감(世界感)이 시인이 지향하는 새로운 세계에 관한
구체적인 비전을 제공해 줄 것이다.

아는 도시에서 길을 잃었다. 모르는 건물로 들어갔다.
그곳에는 눈에 익은 가게가 많았다.

언젠가 와본 적이 있는 기분이었다.

나는 알 것 같은 길에 매료되었다. 출처를 알 수 없는 발
소리를 따라 걸었다. 스치는 사람들을 흘깃
훔쳐보니 그래도

같은 세계에 있는 것은 분명해 보였다.

평등한 빛이 제멋대로의 이목구비를 적나라하게 밝혔
다. 발소리를 따르던 내가 성별을 알 수 없는 목소리에 끌
려가고 있었다. 배가 고팠고

　울고 싶은

　죄를 짓고 싶은 심정이었다.

　보이지 않는 곳에서 온갖 종류의 생물이 일제히 떠들
고 있었다.
　나는 내가 모르는 도시에 와 있다고 믿게 되었다.
　　　　　　　　　　　　　　　　　　　　—「광시증」 전문

　시인이 자주 "알 것 같은 길에 매료"되는 이유는 "아는 도
시에서 길을 잃"음으로써 그가 기거하고 있는 세계를 낯설
게 바라보고, 그 낯설음 속에 처해 있는 자신을 새로운 시
선으로 발견할 수 있기 때문이다. "출처를 알 수 없는 발소
리"에 이끌려 이상한 길로 접어들게 되면, 시인이 살고 있
는 "아는 도시"가 마침내 "내가 모르는 도시"로 뒤바뀌어
있다는 것을 깨달을 수 있다. 물론 그가 도착한 도시가 단순
히 그가 한 번도 마주한 적 없는 생소한 장소는 아니다. 구
현우의 시적 화자가 "언젠가 와본 적이 있는 기분"과 같은
느낌에 자주 젖어드는 것은 시인의 낯선 시공간이 일상으로
부터 동떨어진 이국적 세계와 무관하다는 사실을 암시한다.

그는 말한다. "나는 외국을 모른다"(「체호프의 총」) 그래서 자주 이렇게 생각한다. "당신이 가져온 지도를 보며 우리는 각자 가고 싶은 나라를 떠올렸다. 내가 고른 나라는 이미 내가 사는 곳이었다."(「언젠가 되기를 바라는 건 당신 같은 사람」) "그러므로 모든 곳은 외국이다."(「연」) 익숙함 속에서 생생하게 경험될 수 있는 낯설음. 그곳에 도착하기 위해 구현우는 구태여 다른 곳을 선택하지 않고, 이미 자신이 살고 있는 곳으로의 여행을 상상한다. "분명 내가 스케치한 것은 한평생 살아온 나의 도시이다 기이한 색들로 버무려진 그림 속의 도시는 낯선 장소이다"(「인상」) 한평생 살아온 장소에서 오히려 낯선 시공간을 탐색하는 것. 그것은 이미 자신에게 잘 알려진 세계 내부에 존재하는 어떤 시차들을 가시화하는 일에 해당한다.

꿈에서 주운 개를 꿈 밖에서 키운다. 내가 먹는 밥을 먹인다. 내가 아는 곳으로 데려간다.

발코니로 간 나의 개는 밑에서 올라오는 담배연기를 태연히 빨아들인다.
그게 발코니의 냄새인 줄 안다.
한강으로 간 나의 개는 낯선 두 아이가 공 하나로 웃고 우는 장면을 지켜본다.
그게 가족인 줄 안다.

세탁소로 간 나의 개는 모피코트를 벗어놓고 나온 여자
를 따라간다.
그게 마음인 줄 안다.
현관 앞에 멈춘
나의 개는
문을 열어두어도 안에서 불러 봐도 꼼짝없이 앉아 있다.
주인과
타인이
그게 그건 줄 안다.

언제 어딘가로 사라졌는데, 나는
나의 개가 있었다는 것마저 잊어버린다.

이전인지 이후인지 모르지만

꿈에서 만난 개를 꿈에서 방치한다. 오줌을 뿌리며 따라
오는 소리가 아직 뜻이 없는 낱말처럼 들린다.

꿈 밖에서 나는 혼자 이 인분의 요리를 먹는다.

익숙하고도 익숙해지지 않는 도시를 걷다가
나의 개를 닮은 개와
나의 개를 하나도 안 닮은 개와

개도 아닌데 개로 불리는 남녀노소가
어디에나 있는 것을 본다.

도시는 한꺼번에 어두워지고

내가 없는데 내 방에 불이 들어온다.

　　　　　　　　　　　　　 —「도그빌」 전문

　위 시에서 화자는 꿈에서 발견한 개가 나와 일상을 함께
하다가 사라지는 과정을 관조하고 있다. 주목할 것은 "나의
개"로 일컬어지던 시적 대상이 "내가 아는" 익숙한 공간에
점차 동화되어가는 과정을 시인이 "나의 개가 있었다는 것
마저 잊어"버리는 현상과 연결시키고 있다는 사실이다. 꿈
에서 주운 개가 "나의 개"로 불리며 화자가 살아가고 있는
삶 안으로 용해되어버릴 때, 그것은 "이전인지 이후인지"
정확하게 지시할 수 없는 시점에 이르러 현실로부터 사라져
버린 것처럼 보인다.
　그러나 "꿈에서 만난 개를 꿈에서 방치"했다고 했으나,
개가 영원히 사라진 것이라고 할 수는 없다. 현실에서 사라
진 개는 나의 시선과 기억 속에서 소멸된 것처럼 보이지만,
순간의 상실과 망각이 완전한 없음을 뜻하지는 않기 때문이
다. "혼자 이 인분의 요리를 먹는" 나는 저 부재하는 과거의
간섭으로부터 온전히 벗어나지 못한 주체의 이면을 함축하

고 있다. 그런 의미에서 내가 개를 꿈에 방치했을 때, 개만 홀로 꿈에 남는다고 말할 수도 없다. 꿈에 남겨진 것은 개와 함께했던 나의 과거, 즉 나를 구성하는 일부로서의 과거의 시간이기도 하다. 자신이 살아가는 일상이 "익숙하고도 익숙해지지 않는 도시"라는 모호한 시공간으로 변모하는 시점도 그와 같이 과거에 남겨진 자신의 일부를 자각하는 순간이다. 이 자각으로 인해 꿈속과 꿈 바깥, 현실과 환상, 존재와 무, 과거와 현재라는 두 대립되는 세계가 동시적으로 공존할 수 있는 시공간으로 다시 펼쳐진다. 마침내 "내가 없는데 내 방에 불이 들어"오는 마지막 장면에 도달할 때, 주체는 "내가 아는 곳"이 더이상 내가 알고 있던 그 장소가 아님을, 그리고 내가 "내 방"의 진정한 주인이 아님을 깨닫는다. "주인이 잠시 자리를 비운다"(「그러나 가끔 선연한」)는 것. 그렇게, 주체의 고독하고 소외된 내면은 일찍이 내가 예상하지 못했던 다른 존재들이 공존할 수 있는 생소한 장소로 전환될 여지를 얻는다.

검은 집에 하나둘 낙서가 늘어간다
책들이 열린다
창문이 쌓여간다
어떤 그림자들이 겹치고 겹쳐진다
완성되어 있던 검은 집이
완성되지 않는 방식으로 만들어진다

익숙한 실내가 되어간다

　　　　　　　　　　　　　　—「검은 집」부분

거짓말을 연습하는 동안
해가 지고 있었다.
거울에 비친 내 모습 뒤로
그림자가 두 개로 갈라지고 있었다.

　　　　　　　　　　　　　　—「혼혈」부분

　구현우의 시는 낙서가 늘어가고, 책과 창문을 지칭하는 동사들의 자리가 서로 뒤바뀌는 공간이자, 다양한 그림자들이 중첩됨으로써 완성된 세계의 질서가 점차적으로 와해되는 시간이다. 그와 같은 와해를 "완성되지 않는 방식으로 만들어"지는 시공간으로 간주하고, 나아가 "익숙한 실내"와 동일시하려는 주체는 눈에 보이지 않지만, 지금-여기에 분명히 잔존해 있는 감정과 느낌들에 현재를 개방함으로써 과거를 현재화한다. "분명히 그는 그녀로부터 떠나버렸는데//무엇이 계속되는 걸까 의문이 멈추지 않는다"(「Amnesia」) 이러한 의문은 이 시집의 시적 사건이 발생하고 있다는 것을 나타내주는 특유의 징후에 다름 아니다. 하나로 겹쳐져 있던 그림자들의 개별성이 현상되고, 내 "그림자가 두 개로 갈라지"는 장면들이 나타나는 것 역시 주체의 삶에 지속적으로 관여하는 과거와 관련이 있다. "긴 소파 위에서 무의

미하게 시간만 흐르고 있었다. 무서운 사건은 소설 속에서
끝났지만 무서운 생각이 이어지고 있었고/ 굴절된 빛을 받
아 나를 닮지 않은 그림자가 서성이고 있었다."(「무서운 소
설을 읽은 다음」) 망각되거나 사라질 수 없는 과거의 지속
가운데, 나로부터 비롯되었지만 "나를 닮지 않은 그림자"를
만나는 시간. 나에게 속해 있었으나, 더이상 온전히 내 것
이라고 말할 수 없는 그림자들의 현존을 인정할 때 기억이
라는 행위는 과거를 현재로 소환하는 단순한 회상이 아니
라, 과거를 현재화하는 과정에서 나타나는 지금-여기의 해
체를 일컫는다.

4

　한걸음 더 나아가자면 이러한 잠재적 시공간에서 이루어
지는 사태는 주체와 타자 사이의 관계에 대한 다른 상상을
내포한다고 말할 수 있다. 이것은 구현우가 자주 체험하는
고독이 근본적으로는 타인의 시선과 매개되어 있음을 가리
키며, 궁극적으로는 시적 화자가 경험하는 소외가 나에게
종속되었던 타자가 마침내 해방의 계기를 얻고 있음을 보여
주는 감각적 징후임을 뜻한다. 이때의 해방이 단지 타자가
나의 영향권 바깥으로 완전히 이탈됨을 뜻하지 않는다는 사
실은 여전히 중요하다. 타자의 해방은 완전한 단절과 분리
에서 이루어지는 것이 아니라, 간극에 의해 매개될 수 있는

새로운 관계에 의해 그 가능성이 열리기 때문이다.

　　한낮에 잠들어 그날 밤에도 깨지 않고 잠든 채라면 그건
밤잠일까 긴 낮잠의 유예일까

　　백목련은 혀끝에 머무는 한철을 연주한다
　　나로부터 겨울까지
　　돌이 간격을 두고 놓여 있으니 돌계단은 이어져 있는
것이다
　　인간의 손을 타기 전
　　우연히라도 아주 같은 모양이 되지 않는
　　돌 하나 하나의 돌

　　11월에 가장 선한 첨탑을 2월에 본다. 볕이 장식을 무너
뜨린다. 소음이 그 옆에 누각을 짓는다. 여행자들이 그 위
를 걷는다. 감각의 시간을 에둘러 돌담이 늘어선다
　　　　　　　　　　　　　　　　　—「미의 미학」 부분

　　"돌이 간격을 두고 놓여 있으니 돌계단은 이어져 있는 것
이다"라는 말처럼 무수히 많은 개별성들을 연결시키는 계
기를 제공해주는 것 역시 바로 저 간극이다. 돌계단이라는
실체가 아니라 간격에 집중하는 시인은 돌계단을 존재할 수
있게 만드는 근본적인 요소들로서의 저 미세한 틈, "우연히

라도 아주 같은 모양이 되지 않는/ 돌 하나 하나의 돌" 사이
에 놓여 있는 간극을 정확하게 명시할 수 있다.

이때의 간격이 과거와 현재를 이어주는 매개라는 점 역시
강조될 필요가 있다. 낮에 시작된 잠이 밤까지 이어진다면,
우리는 그 잠 속 놓여 있는 주체를 어떻게 구분할 수 있을
까. 주체가 만약 과거에서부터 이어져오는 감정에서 벗어
나지 못한다면 현재의 주체는 과거의 주체와 같은 주체일
까 아니면 다른 주체일까. 역시 관건은 분할의 경계를 명확
하게 지시함으로써 주체들을 명료하게 구분하는 것이 아니
다. "11월"과 "2월"의 차이를 되묻게 하는 저 간극과 시차
가, 역설적이게도 과거와 현재의 분할과 연결을 동시적으로
가능하게 한다는 사실이 중요하다.

주체와 타자 사이에서 이루어지는 만남도 그러할 것이다.
만남은 다른 두 개별적 타자들을 하나의 동일한 주체로 융
합시켜주는 사태가 아니라, 각자의 고독을 상기시키는 간극
을 계속해서 보존함으로써 유지될 수 있는 "감각의 시간"을
새로운 만남의 풍경으로 다시, 가시화하는 일이다.

　창밖의 비를 좋아하지만 비에 젖는 건 조금도 좋아하지
　않는 너에게

　해주려고 한 얘기가 있어

선유도에서 만나자 선유도에는
오만 색으로 어지러운 화원이 있으니까

녹음된 빗소리를 들으며 비로소 안정을 찾는 너에게

어울린다 믿는 풍경이 있어

혀끝이 둔감해지면 입안 가득 맥주를 머금고
어디에선가

이 통화가 계속되지 않는다고

네가 여길 때면 무음이 침묵과 다르다면 난치의 감정
이라면

그건 바라지 않아도 젖어드는 일

너는 가을옷이 필요하구나 나는 봄옷을 생각하면서

양화대교를 건너고 있어

선유도에서는 볼 수 있을 거야 차마 겉으로는 구분되
지 않는 계절

나의 9월은 너의 3월

선유도에서 만나자 선유도에는
직접 본 다음에야 알게 되는 게 있으니까

어쩌면 나는

네가 자주 입는 꽃무늬원피스에 수놓인 노랑과 파랑
하나는 무난하지만
하나는 네가 그토록 역겨워하는 향기를 품은 꽃이라는
걸

말해줄 수도 있을 거야

그리고 나는

그 후의 복잡한 마음을 전할 수 있을 것 같아 들뜬 채로
한강을 지나가다가
아주
서서히

선유도로 가는 길에 모두 잃어버리고 마는 거야

선유도는 어떤 곳인가? 그곳은 서로 다른 계절 속에 놓여
있는 너와 내가 다시 만날 수 있으리라는 모종의 희망과 기
대가 표명되는 미래의 시공간이다. 선유도는 나를 만나기 위
해서는 "가을옷"이 필요한 너와 네가 입고 있을 "봄옷"을 상
상하는 나 사이의 간격이 좁혀지기를 소망하는 주체의 마음
이 계속해서 유지될 수 있게 하는 원천이기도 하다. "무음"
이 단순한 침묵이 아니라, 끝내 사라지지 않는 "난치의 감
정"으로 받아들여질 수 있는 선유도에서 우리는 말할 수 없
는 감정으로 함께 "젖어드는 일"을 체험할 수 있을 것이다.

나와 너는 거기서 만날 수 있을 것인가. "똑같은 일을 소
망한다면 나란히 물 안으로 들어갈 수 있을까"(「망한 시대
와 올바른 생활」). 아마 그렇지는 않을 것이다. "차마 겉으
로는 구분되지 않는 계절"을 감각하게 하는 시간은 일시적
이고, 너와 나의 관계 속에서 유지되는 9월과 3월 사이의
시차는 시간의 흐름에 따라 더욱 극명하게 나타날 것이기
때문이다. "당분간 같은 장면을 공유하지만 지금껏 너의 무
수한 밤은 항상 그의 낮"(「연」)일 수밖에 없으며, 온전하게
순수한 너와 나의 조우는 가능하지 않을 것이다. "순수한
너를 만나러" 가는 길은 "순수한 너의 나"와 "순수한 나의
너"(「그러나 가끔 선연한」)로 분리될 수밖에 없는 관계, 즉
서로의 시차를 반복적으로 확인하는 과정에 다름 아니다.

하지만 정작 중요한 것은 내가 가지고 있는 "복잡한 마음"을 성공적으로 전달할 수 있는지의 여부가 아니며, 너와 나의 동일성을 확인하는 것도 아닐지 모른다. 시인이 희망하는 선유도에는 끝내 도달할 수 없겠지만, 우리는 "선유도로 가는 길에" 정작 그 모든 걸 "잃어버리"는 시간 속에서 "잃기에 좋은 계절"(「성」)을 "구체적으로 공유"(「회색」)하고 있음을 아주 잠시나마 느낄 수 있기 때문이다. 그가 말하는 공유는 구체적인 대상을 나누는 행위와 무관하다. "상관없이 젖은 거리가 이유 없이 마르지 않는다"(「동경」)는 구절처럼, 그것은 동일한 대상과 감정을 매개로 이루어지는 객관적인 관계가 아니라, 다양한 차이와 간극들이 내재하고 있는 우발성들의 시차 속에 너와 내가 "공통적으로"(「우리의 서른은 후쿠오카의 여름」) 결부되어 있음을 자각하는 과정을 가리킨다.

> 모두 본 것에 대해 이야기한다.
> 얼마나 빨간지 무엇만큼 선홍빛인지
> 붉다, 고 이해하긴 했지만
>
> 내부의 장면과 무관해졌으므로
> 아름다운 광장만이 남게 된다.
>
> ──「붉은 꽃」 부분

그런 의미에서 구현우의 "아름다운 광장"은 그 누구에 의해서도 완벽하게 점유될 수 없는 장소이자, 완전하게 망각될 수 없는 다른 시간의 이름이기도 하다. 자신도 모르는 일들이 예상치 않게 출몰하고, 내 삶에서 사라졌다고 여겨졌던 너에 대한 기억과 그리움이 다시 스며드는 세계. 시집 전반에서 발견되는 아름다움에 대한 시인의 각별한 자의식은 대체로 이 보이지 않는 광장을 향한 예민한 감각과 긴밀하게 이어져 있다. "보이는 것들이 하나도 아름답지 않았다."(「무서운 소설을 읽은 다음」) 구현우의 아름다움은 눈에 보이지 않는다. 아니, 아름다운 것들은 눈에 보이지 않는 세계에 속해 있다고 말해야 더욱 타당할 것이다. 사정이 그러하기에 "너는 누구에게도 불린 적이 없어 아름다운 병명"(「네거티브필름」)이라는 결론이 가능하다. 그 어떤 이름으로도 환원될 수 없는 것에 아름다움의 위상을 부여하는 일. 그것은 구현우가 규칙과 질서 속에서 구축된 안정과 균형 대신, 그것에 잠재되어 있는 해체와 균열에 집중한다는 것을 반복적으로 환기한다. "사람의 눈으로는 구분할 수 없겠지만 감정은 여러 종류의 검정 보이지 않는 것을 부를 수는 있으니 병일 수밖에"(「감정은 여러 종류의 검정」) 없다. 좀더 긍정적인 방식으로 말해보자. 구분할 수는 없지만 눈에 보이지 않는 간극으로 연계되어 있는 여러 종류의 감정적 차이들을 세세하게 검토함으로써, "불확실한 감정에도 이름을 붙일 수는 있"(「회색」)다. 그것은 어떤 말로도 완벽

하게 채워질 수 없는 모종의 빈 공간의 의의와 가치를 다시
부여함으로써, 수많은 잠재성으로 가득한 곳을 보존하고 기
억하는 일이다. "보이는 것보다 들려오는 것이 많"(「빌헬름
의 에로티시즘」)은 세계, "보이지 않는 곳에서 온갖 종류의
생물이 일제히 떠들고 있"(「광시증」)는 낯설지만, 아름답고
매력적인 세계. 바로 그곳이 구현우가 말하는 "빈 의자라는
형태가 아름다운/ 소모적인 공간"(「공범」)과 같은 "아름다
운 광장", 혹은 아름다움이라는 이름의 광장이다. "보이지
않지만/ 목소리가 들려"(「목격자들」)온다는 사실에 집중한
다면, 우리는 비로소 두 주체 사이의 간격 속에서 상상될 수
있는 새로운 만남의 장소를 그리워할 수 있다.

　가깝고 옅은 물결과 멀고 짙은 파도가 마주한 자리에서
불투명한 거품이 난다. 그 거품에 잡아먹히는 새가 있다.
연신 깨끗해지는 유리병이 거기에 있다.

　알고 싶지 않은 마음이 기어이 방파제를 넘어서 온다.
발끝이 젖는다. 섬에 있으면 섬이 보이지 않는다.

　그렇게 멀어지지 말아요

　당신에게 들리도록 혼잣말을 한다. 물결에는 영원이 있
다. 그 물결에 익사하는 어류가 있다. 젖은 발이 마르기

엔 이른 시간이다. 그런 우울은 증상이 아니라 일상이어
서 많은 결심이 자정을 넘기지 못한다.

유리병이 깨진다면 대부분 아래로 가라앉을 것 조각의
일부는 해안으로 밀려올 것 그 때문에 아무도 다치지 않
는다면 빛에 반짝인다면 보기만 해서는

다만 아름다운 해변이라면

겨울에 더 많은 관광객이 찾을지도 모른다. 슬픔의 성분
중 하나는 상실이지만 상실에 앞서 슬픔은 찾아온다. 물
의 색이 변한다. 잘못되기도 전에 스스로 망가지는 성을
본다. 평화로운 한때가 지나간다.
　　　　　　　―「이토록 유약하고 아름다운 거짓」 전문

구현우가 바라보는 아름다운 세계는 "가깝고 옅은 물결과
멀고 짙은 파도가 마주한 자리에서" 생성되는 "불투명한 거
품"과 같은 세계이다. 이 세계를 가시화하는 것은 물론, 시
인의 이중적이면서도 동시적인 시선이다. 먼 파도의 일부이
자 잔상에 가까운 옅은 물결들이 해변에 도달하자마자 사
라지는 장면은 그의 시선 속에서, 짙은 파도와 옅은 물결이
마주하는 매력적인 공간으로 재구성될 수 있다. 이러한 상
상이 강조하고, 또 그러한 상상을 정당화하는 토대는 반복

의 형식("연신")으로 지속되는 파도의 움직임, 그리고 반복
되는 파도에 대한 섬세한 관조 속에서 이루어지는 의도적인
착란과 깊은 관련이 있다. "상실에 앞서 슬픔"이 찾아오고,
"잘못되기도 전에 스스로 망가지는 성"을 보는 주체의 이중
적 시선을 통해 시간적 선후 관계가 역전된 광경이 펼쳐지
고 있기 때문이다. 그것은 분명 화자의 바람이 투사된 거짓
된 환영에 가깝다. 하지만 우리에게 더 깊이 각인되는 것은
파도에 의해 일으켜지는 거품에 "잡아먹히는 새", "연신 깨
끗해지는 유리병", "익사하는 어류"와 같은 이미지들을 상
상하고 거기에서 "영원"을 보려는 시인의 마음과 의지이다.
이것이 화자의 바람이 투사된 환상이고, 거품이 일시적으로
일고 곧 사라지는 유약한 가상에 해당한다는 사실을 시인
이 모르는 것은 아니다. 그러나, 거기서 아름다움의 가능성
을 감지하려는 시인은 육지로 침범해 들어오다가 밀려나는
물결들이 남긴 잠깐의 흔적들에 의해 "발끝이 젖는" 스스로
를 발견하기도 한다.
　"알고 싶지 않은 마음이 기어이 방파제를 넘어서 온다"는
것을 재확인하는 주체는 물론, 파도처럼 밀려왔던 그 마음
으로부터 영원히 벗어날 수 없는 존재는 아니다. 우울한 시
간은 곧 지나가고 일상은 회복되기 마련이어서 "많은 결심
이 자정을 넘기지 못"하는 것 역시 불가피하다. 하지만 사라
지는 것이 곧 거짓된 것은 아니며 존재하지 않는 것을 뜻하
는 것이 아니듯, 어떤 감정들은 영원히 무화되지 않는 나의

감각적 기억의 지평에 흔적의 형식으로 남을 수 있다. 과거부터 이미, 언제나 존재하고 있는 내 안의 당신의 삶, 혹은 당신 안에 있는 나의 삶. 이것이 고독한 내 의식과 삶의 수면 위로 떠오를 때, 과거의 너로 인해 현재의 나를 잃어가는 시간 속에서, 우리는 다시 만날 수 있을 것이다.

구현우 1989년 서울에서 출생했다. 2014년 문학동네 신인상으로 등단했다.

— 문학동네시인선 134
나의 9월은 너의 3월
ⓒ 구현우 2020

— 1판 1쇄 2020년 3월 31일
1판 7쇄 2024년 10월 15일

지은이 | 구현우
책임편집 | 김영수
편집 | 강윤정 김민정
디자인 | 수류산방(樹流山房) 본문 디자인 | 유현아
저작권 | 박지영 형소진 최은진 오서영
마케팅 | 정민호 서지화 한민아 이민경 왕지경 정경주 김수인 김혜원 김하연
　　　　김예진
브랜딩 | 함유지 함근아 박민재 김희숙 이송이 박다솔 조다현 정승민 배진성
제작 | 강신은 김동욱 이순호
제작처 | 영신사

펴낸곳 | (주)문학동네
펴낸이 | 김소영
출판등록 | 1993년 10월 22일 제2003-000045호
주소 | 10881 경기도 파주시 회동길 210
전자우편 | editor@munhak.com
대표전화 | 031) 955-8888 팩스 | 031) 955-8855
문의전화 | 031) 955-2696(마케팅), 031) 955-2679(편집)
문학동네카페 | http://cafe.naver.com/mhdn
인스타그램 | @munhakdongne 트위터 | @munhakdongne
북클럽문학동네 | http://bookclubmunhak.com

ISBN 978-89-546-7114-9 03810